HONG FANG ZI

红房子

窦志先小说选

窦志先 著

中国文史出版社

图书在版编目(CIP)数据

红房子 / 窦志先著. -- 北京 : 中国文史出版社, 2022.1

ISBN 978-7-5205-3284-6

Ⅰ. ①红… Ⅱ. ①窦… Ⅲ. ①中篇小说-小说集-中国-当代②短篇小说-小说集-中国-当代 Ⅳ. ①I247.7

中国版本图书馆 CIP 数据核字(2021)第 209270 号

责任编辑：牟国煜

出版发行：**中国文史出版社**
社　　址：北京市海淀区西八里庄路 69 号院　邮编：100142
电　　话：010-81136606　81136602　81136603（发行部）
传　　真：010-81136655
印　　装：北京新华印刷有限公司
经　　销：全国新华书店
开　　本：880×1230　1/32
印　　张：8.25　　字数：161 千字
版　　次：2022 年 1 月第 1 版
印　　次：2022 年 1 月第 1 次印刷
定　　价：66.00 元

窦志先　安徽定远人，从戎四十载，中共党员。历任空军某部战士、电影组长、宣传干事，空军报社编辑、副处长、处长、总编室主任，《中国空军》杂志主编，空军报社副社长，专业技术四级（按正军职待遇），空军大校。两次荣立三等功。1981 年毕业于中国作家协会文学讲习所（鲁迅文学院），1990 年加入中国作家协会，1993 年加入中国报告文学学会。

出版报告文学集《这是一条女人的星系》《爱神在忧思》《世纪末：爱情危机》《穿着魔鞋起舞的人》《龙吟凤鸣》，中短篇小说集《无字的墓碑》《蓝鸟》《红房子》，散文集《云上的阳光》《原来如此美丽》。另有友人著评论集《想到更远的地方——大家笔谈窦志先》。

作品获得国家和军队多种文学奖项，有些作品被院校选为写作辅导读物。简历收入《中国作家大辞典》《中国当代艺术界名人录》等多部典籍。

碑上无字，世间有情（自序）

童年时代，我非常喜欢听妈妈讲故事。夏夜，望着星空，依偎在妈妈的怀中，听牛郎织女的故事；冬天，围在火盆旁，听哪吒闹海、狐仙害人的故事。上学后，我听得更多的是瓦岗聚义、梁山好汉、杨家将、岳家军……从那时起，我就崇尚英雄好汉，立志将来也要当一个刀枪不入、呼风唤雨、摇身可变的神一样的好汉。读点儿书、懂点儿事了，觉得那些想法未免太天真——人就是人，怎么会变成神呢？人，不会变成神！

可是，参军不久，我便遇上了一场运动。生活中的英雄成了“走资派”，“样板”中的英雄都是“高大全”……群众运动起来了，现实也变得混沌了！这不由常使我回忆那童年时的梦，怀念童年时崇拜过的英雄好汉。那些好汉都有缺点，鲁莽、贪杯、好色、逞强、意气用事，有位高权重者兴许还会干一些出格的……但我觉得这才更像是七尺血肉之躯、有七情六欲的人，而不是那些不食人间烟火的神。

十年前，有位老红军给我讲了一个悲剧故事。在一次战斗中，有位营长错杀了当地一名群众，打完仗部队已经转移，但领导为了严肃军队纪律，终于派人将这位身经百战的英雄营长押回原驻地，在被害人的坟前枪毙……他含着泪讲，我流着泪听。

三年后，我在报纸上读到一篇报道，反映部队基层的一个普通战士因为写信对“副统帅”的一些言行提出质疑，结果被处以极刑，因此导致家中唯一的亲人姐姐发疯而死，等同灭门。那阵子，我常常深夜躺在被窝里，偷偷掉眼泪，反复问自己：为什么？怎么能这样！……批准判处战士死刑的，正是我所仰慕的一位武功了得、战功赫赫、指挥过千军万马、对领袖忠心耿耿的传奇式的人物。

从古至今，由近溯远，孰是英雄，孰是罪人？权大乎，法大乎？何谓铁的纪律，何谓草菅人命？……这些问题经常使我困惑不解。直至1984年春，我用心思考的问题在认识上逐步深化，便在一种莫可名状的冲动情绪中爬格子寻梦，动笔写起《无字的墓碑》。

《无字的墓碑》中的人物郑大刀，是英雄还是罪人？这应当由读者去评论。我想说的是，这部作品像一个难产的婴儿，经过我十年“怀胎”，今日才得以分娩，而为她迎来新生的正是《小说林》！肯定地说，她是一个有缺点的孩子，但我十分喜爱她，承蒙热心的读者和《小说林》编辑部的厚爱，竟然获奖，这使我深感不安。

今后，我怎样才会不辜负热心的读者和编辑部的期望呢？因此，我更多的不是欣喜，而是苦恼。

——以上所言，是中篇小说《无字的墓碑》获奖后，编辑部约我写的“获奖者话”，刊载于1986年9月之《小说林》。

“获奖者话”既为获奖后的感言，也是讲有关创作的故事。《红房子》汇集中、短篇小说恰是一个吉数十篇，每一篇面世都有自己的故事。小说多为虚构典型，在广阔的社会生活基础上，用典型化的概括的手法选择视角，虚构人物，编排情节，营造环境，讲好故事，以求感染读者，引起共鸣，达到启迪、鼓舞人的艺术效果。

回眸历史，追溯往事，自1972年在《安徽文艺》试刊号上刊发处女作短篇小说《领航主任》迄今，我已出版作品数百万字。这些作品的题材不尽相同，质量亦有高下，无论针砭假恶丑，还是礼赞真善美，它们都是我思想的呈现、心血的结晶，是我心路历程中美丽或痛苦的过往与交集，也是逝去的岁月留下的点点印迹。故此，“话”里话外：碑上无字，世间有情；谈天说地，都是风景！

2021年3月26日修改于静远斋

目　录

红 房 子

一

姗姗走了。梅梅和芳芳头碰头，脸贴脸，抱成一团，哭成一对泪人儿。

姗姗一走，梅梅噘起小嘴巴嘟囔：女人为啥要结婚？为啥一结婚就要住男人那儿？为啥不兴找个倒插门女婿？哼，典型重男轻女，孔老二余毒再现。芳芳一边抹泪一边摇头：你讲胡话哩，咱是军营，又不是老百姓的家，能招女婿进门吗？再有，仨女招一男，那成啥子事体，不成精神污染啦？

姗姗、梅梅、芳芳，是一个机组的成员，住一屋。这屋是红砖砌墙红瓦盖顶，故称红房子。故她们三人被称作红房子姑娘。红房子里的这三位女将、天仙，平日里把架轻型运输机飞得云来雾去、山摇地动。

数姗姗年龄大，二十五岁半，像个老大姐。人长得苗苗条条，秀秀气气。说话不紧不慢，声调也不高不低。她老家安徽定远。爹是县上的局长，为报被日本鬼子飞机炸掉一只脚的仇，一咬牙，把高中刚念完、在家最得宠的小女姗姗送到部队，当上了一名令人仰慕的女航空员。

梅梅长在泉城，五岁学拉小提琴，七岁登台演出，能奏出动人心魄、委婉凄楚的《梁祝》。辉煌的乐厅里，雷鸣的掌声中，她曾陶醉在要当一名音乐家的梦幻里。她有一张瓜子脸，樱桃口，细眉毛，十八岁出落得鲜花一般。她极爱哭鼻子。娘说她多愁善感，生就搞艺术的料。没想到，当上了飞天女，军营里从此多了个“林妹妹”。

打黄浦江畔来的芳芳，与梅梅同年，二十三岁零两天。芳芳日出落地，梅梅日落出生，按时辰芳芳是姐姐，故此，红房子里姗姗是大姐，芳芳是二姐，梅梅是小妹。芳芳成天价无忧无虑，像个小喜鹊，叽叽喳喳，嘻嘻哈哈。说话带辣味，走路风风火火，有时还喜欢搞点儿恶作剧，人家都称她假小子。从她那对黑豆似的眼睛里，从她那张圆圆的脸蛋儿上，就没瞧见过她为啥事忧愁过。

四年前，航校毕业，刚分到部队，领导传下话来，军人要讲求整齐划一，女军人一律不准穿高跟鞋，不准烫头发。并且强调，令行禁止，违者必究。

姑娘们吐吐舌头，挤挤眼睛，一缩脖儿，妈哟，真凶。

那是一个星期天。九点多了，还不见红房子的姑娘进食堂就餐。笃笃！大队政委刘大姐叩门。什么毛病，太阳晒屁股啦，真还挺得住咧。

倒霉咯。芳芳懒洋洋地回答。

哦。刘大姐当然明白女人说倒霉是什么含义。那，你们睡吧。脚步声渐远。

嘻嘻。

哈哈。

一阵笑声，飞出窗外。

不对劲儿，倒霉怎的这么巧，全赶一个时辰？刘大姐循笑声转身返回，猛地推开红房子的门，一愣神儿。瓜子壳、饼干盒、糖果纸……铺上地下，一片狼藉。好啊！睡懒觉，不吃饭，成何体统？像军人吗？刘大姐发怒。芳芳，你……啪！屁股上挨了一巴掌。梅梅，你……啪！一巴掌扇在屁股上。姗姗，你……咦，人呢？掀开被头，被窝里塞了一只枕头，不见了人影儿。

我在这儿。姗姗打着饱嗝进屋。

很好。刘大姐当即表扬了她，并号召梅梅、芳芳向姗姗学习。吃饭是为自己，可要站得更高些，看得更远些，那是为了飞行事业。航空员没有良好的饮食习惯，怎能有强健的体魄？没有强健的体魄，怎能把飞机开上天？姗姗，从今往后，凡遇节假日，梅梅和芳芳的吃饭问题，就由你监督。说完，气呼呼地出了红房子。

好呢。姗姗又打了一个饱嗝。

昨晚，红房子姑娘民主协商，星期天早晨睡懒觉，谁也不准去吃饭。并说，这要形成一个制度，红房子人谁也无权私自更改。不料，这头一天，姗姗就变了卦。

哼！梅梅朝她撇撇嘴。叛徒。

哼！芳芳冲她瞪瞪眼。内奸。

我抗议！姗姗涨红了脸。人是铁饭是钢，一顿不吃饿得慌。你们好坏不辨，敌我不分，无限上纲，混淆两类不同性质的矛盾，属阶级立场没站稳，倘若执迷不悟，再不悬崖勒马，我可不客气，马上向军事法院起诉，当定你二人诬陷阶级姐妹罪。轻则检讨，重则坐牢。姗姗一生气，秀气的脸蛋更漂亮了。

呵呵呵！

咯咯咯！

二

晚上，自由活动。

梅梅从墙上摘下琴。调弦，定音。《望星空》《青春的梦》《晨风吹过机场的小道》。一曲又一曲，指头在琴弦上跳动，琴声悠扬，梅梅如醉如痴。业余时间，拉琴是她的一大乐趣。

刚刚打完羽毛球的芳芳，从床底下拽出一盆也不知道是哪天换下的衣服，直奔洗漱间。她有一个习惯，每当要换衣服时，才想到上回换下的还没洗。

顶会乐的是姗姗。坐在小马扎上，背靠床沿，飞针走线，一边精心编织着情人的毛衣，一边欣赏梅梅的琴声。

嘣，弦断了一根。梅梅叹口气说：真倒霉，几天不拉，指关节就变硬，不听使唤了。

是啊，琴不离手，曲不离口嘛。姗姗搭茬。

咦，对了，姗姗姐，干脆卷头发吧？梅梅把断了弦的琴重新挂到墙上，说。

无声。挑针。

卷个新潮的大波浪，怎么样？

无声。钩针。

你怎的不说话？

摇头。挑针。姗姗没抬眼回答：不是有规定吗？

害怕了？

谁害怕？芳芳端着盆，拖一双凉鞋吧嗒吧嗒进屋，问。

军人执行规定，怎么是害怕？姗姗发觉挑错了针，扯开，重挑。就算是害怕，也没什么错呀。她极力为自己辩护。

行啦，就你革命。芳芳已经清楚，没好气地说。人各有志，你不参加卷也罢，不过，你得到门外给咱俩放哨，干部来了你就咳嗽一声，发个信号。

一声未咳。熄灯哨吹响，红房子的姑娘们都安然入睡。

可是第二天清晨，大队全体人员在楼前集合。

向右看齐，向前看。大队长虎着黑红的脸膛，用粗犷的标准的军人的口令吼道。

芳芳。

到。

梅梅。

到。

出列。大队长眼光凶凶地盯着她俩。脱帽。

露出两道黑色波浪。

同志们，看清楚没有？大队长严肃地高声地问。

看清了。齐声回答。

这叫什么头?

没有人回答，全都像做了回答。

跟鸡窝似的，这叫美吗?

队伍中由无声到窃窃私语到哄堂大笑。

曾经三令五申，不准烫发，为什么不听？大队长昨夜仿佛没睡觉，两眼红红的，发出阴森森的凶光。

芳芳绷着圆圆的脸，想笑，可几次没敢笑出声。哼，怕啥子事体，烫发又不犯死罪。她不服，心想。

梅梅忍受不住这场暴风骤雨的袭击，红润的小口撇了几撇，哇的一声哭起来。

嘀，你的下水道（泪腺）是不是太发达啦？大队长见状，语气稍微缓和一点儿。回去，写检查。

队伍解散。

红房子的气氛异常紧张。

梅梅躺在床上，提花枕巾盖住脸呜呜地哭，“林妹妹”重露风采，口里不停地嘟囔：明枪好躲，家贼难防。两面三刀。伪君子。马屁精。什么词儿难听她专挑什么。

人心隔肚皮，知人知面不知心嘛。芳芳用手胡乱地抓着自己的卷发，像跟谁赌气。阴阳怪气，指桑骂槐。

最难受的是姗姗。坐不是，站不是，脸一阵红一阵白，黑眼仁泪光粼粼。两位好妹妹，对天起誓，这事儿跟我无关，相信我，真的。凭她磨破了嘴皮子，没人信。天哪，我真的跳进黄河洗不清吗？姗姗无奈，一副可怜兮兮的样儿。

拉倒吧，别得了便宜还卖乖。梅梅扯掉枕巾，一骨碌翻身坐起。不是你报告领导，这件事谁能败露？哼！依我之见，红房子里得好好整顿，清理清理阶级队伍。

拥护，我举双手拥护。芳芳一甩乱蓬蓬的卷发，两臂高高举起，还有力地挥挥拳头，说，堡垒最容易从内部攻破。

姗姗的心窝像被刀子扎，泪往肚里流。

吃晚饭的时候，大队长接到梅梅和芳芳交的检查：……都八十年代了，还那么封建意识、马王堆思想，女军人也是人，难道非留春苗头才叫美、才叫革命吗？……强词夺理，不像话。大队长一拍桌子，我要处分你们。

三

中午，天气热得出奇。树梢纹丝不动，叶儿蔫蔫地耷拉着脑袋，有气无力的样子。蝉在树叶底下扇动薄薄的翅翼，扯着嗓门拼命地喊叫。红房子的姑娘们飞行完，提着飞行图囊打机场走回来。

营门口的老槐树下，有位附近村子的老爹，守在瓜摊儿旁，敞着怀儿，摇着大蒲扇驱赶苍蝇。黑豆般的苍蝇各自选择最佳进入角，超低空轮番轰炸，瓜皮上留下斑斑点点褐黄色糊状的粪便。卖瓜咯，脆甜脆甜的香瓜，不甜不要钱，快来买吧。姑娘，买瓜吧，便宜卖咯。老爹不停地吆喝。

老大爷，多少钱一斤？芳芳蹲在瓜筐前。

一块钱三斤。姑娘，这筐里少说也有十斤，你要都买，给两块五吧。老爹抓着泛青的头皮，核桃般皱巴巴的脸上堆满笑容，就算我拥护解放军同志。

这么多，不好拿走呀。梅梅吸了口涎水，有点犯难。

三块钱，连筐端走。看来，老爹是个极会做生意的爽快人。

姗姗迟迟疑疑地问：这瓜没坏吧？有几只肥嘟嘟绿莹莹的苍蝇正叮在瓜裂缝上，一动不动地吸吮得津津有味。

姑娘，瞧你说的，老汉这大把年纪，还会坑害解放军？老爹眯起两眼，一本正经地说。

乱买东西吃，叫干部们发现，又要刮咱们鼻子的。姗姗提醒。

你甭心跳，我请客。芳芳眯眯两眼，我有招儿对付头儿。芳芳把钱交给卖瓜老爹，提起筐前头走，梅梅、姗姗后边跟。三人绕到营区后，芳芳翻身跨上墙头，拽了几根青藤，吊起瓜筐，跳进营院，梅梅和姗姗也如法炮制，翻过了墙，悄悄溜进红房子。

趁人们还在午休之际，红房子里开始举行香瓜宴。姗姗百般劝阻不听，床上蒙头生气去了。

这天半夜，芳芳和梅梅的肚子里开始唱起欢快的歌儿：咕噜噜，咕噜噜，咕噜噜噜！……两人都以百米冲刺的速度跑厕所，口中念念有词：哎哟，妈耶，疼呀……你来我往，马不停蹄，一直折腾到天亮。眼前若明若暗，天旋地转，只觉头重脚轻，四肢无力。

航医诊断：急性胃肠炎。

得找那卖瓜老头算账，坑害解放军。芳芳哭丧着脸。

对，找他算账，毁我长城，罪该万死。梅梅啪嗒啪嗒掉眼泪。

不听话，怎么样？小孩不听老人言，吃亏在眼前。姗姗举起黄连素药瓶，给梅梅四片，给芳芳四片。我的大小姐们，吞下，良药苦口利于病。

噢，怪不得你不参加香瓜宴，独自去睡觉。姗姗，原来你早有预谋？芳芳吞完药，漱漱口，狐疑地问。

此言差矣。姗姗说。我看那瓜好像有些变质，劝您二老又不听，还损人，没吃，没敢吃。这叫英明预见，防患未然。

我恨你！梅梅双手捂住腹部，勾起腰，额头爬满了细密的汗珠，瓜子脸拉得长长的。姗姗，这下你可看好戏了吧？

什么话，你看姐姐是那种幸灾乐祸的人吗？

鬼才相信哩。

这当儿，航医领着大队干部一行，来到红房子，询问二位生病原因。

怕是……芳芳思索片刻，怕是昨天中午……

对，对。梅梅胆胆怯怯地接过话，怕是昨天中午飞行后，在机场上吃了不干净的食物吧。

有可能。航医点点头，从症状看，很像食物中毒。

刘大姐严肃地说：告诉食堂，彻底查一查卫生状况。这还了得，食物中毒，这不瓦解部队战斗力吗?!

冤枉，冤枉。姗姗挺身而出，当众揭发，昨天中午，她俩偷偷吃了半筐头烂香瓜，我看问题恐怕就出在那儿。

烂香瓜？所有的人都吃了一惊，目光一齐射向芳芳和梅梅。她二人顿时语塞，显得十分狼狈。

说，怎么一回事？

晚点名，梅梅、芳芳受到严厉批评，责令当晚写出检查，视态度决定是否给予纪律处分。同时，表扬姗姗敢于同不良倾向做斗争的精神，值得大家仿效。

哼！芳芳冲姗姗撇撇嘴。叛徒。

哼！梅梅朝姗姗瞪瞪眼。内奸。

从此，红房子的气氛进一步恶化。二比一，两军对垒，不共戴天。

四

仲夏之夜。急促的铃声，唤醒了沉睡的军营。

紧急集合，上机场。值班员在楼下高声喊道。

红房子乱作一团。芳芳一个鲤鱼打挺，翻身下床。梅梅，有情况。芳芳喊。穿衣，套靴，戴帽，抓起飞行图囊，冲出门。梅梅紧随身后，忙问：芳芳姐，你说是不是演习？你问我，我问谁？姗姗一声未吭，熟练地穿好飞行服，套上深筒飞行皮靴，刚要下楼，忽地觉得靴子里有圆圆的、黏黏的、滑溜溜的东西在蠕动，脚掌心凉凉的、痒痒的。她返转身进屋，脱掉靴子，往地上一磕，天哪，从每只靴里倒出五六条泥鳅，在地上生动地蹦跳着，还向姗姗挤眉弄眼。她惊吓得一屁股瘫坐在床前，出了一身冷汗，直喘粗气，好半天才醒过劲来，惊恐地瞪大两眼，斜歪嘴巴，瞅着地上翘首拍尾的泥鳅，泪珠唰地流出眼窝。恶作剧，准是芳芳的恶作剧。姗姗抹着泪向楼下奔去。晚了，队伍集合完毕，已经拉向机场。

战备演习结束，姗姗挨了批评。大队长铁青着脸批评道：自古以来，兵贵神速，演习跟打仗有什么两样！时间就是军队，时间就是生命，时间就是胜利。拖拖拉拉，什么作风，你是去赶庙会吗？

我、我……姗姗嗫嚅。

说的就是你，怎么搞的？啊?!

姗姗的脸憋得通红通红：我、我不知道哇。

大队长圆睁双目，闪着阴森森的凶光，一拍手一跺脚，吼道：这都是什么话，铃声没把房顶掀掉，你还不知道？有了错，勇敢承认嘛。

我、我肚子好疼哟。姗姗耷拉着脑袋，支支吾吾、忸忸怩怩地说。

嘿！大队长把脸拉得老长，摇摇头，叽，乱弹琴。

芳芳、梅梅的脸上闪现着十分得意的微笑。芳芳寻思：活该！你姗姗也有今日，报应。你能耐，会溜须，总想抬高自己，打击别人。当面一套，背后一套，嘴像蜜罐子，心如秤钩子。梅梅思忖：活该！你姗姗骑人家脖上拉尿，踩人家肩头登天。你为了笼络领导，不惜出卖朋友。你是藏在红房子的定时炸弹，睡在身边的赫鲁晓夫……恨得得意，骂得满足。

可是，得意、满足过后，俩人又觉得心里不大好受。芳芳反省，姗姗明明因自己的恶作剧，才紧急集合迟到，才挨了领导的剋，她自个儿却大包大揽。咱这样骂人家、挤对人家，都叫什么事呀？梅梅自责，这么做，不是坑害人家姗姗吗？防人之心不可无，害人之心不可有啊。

不，不，这叫针锋相对，以牙还牙。芳芳自我安慰。

对，对，这叫人不犯我我不犯人，人若犯我我必犯人。梅梅安慰自己。

自我安慰，安慰自己，是一种最好的解脱。

五

清风，托着银燕上升，上升。姗姗以娴熟的动作，柔和地操纵飞机在八百米高度上升着。红房子的姑娘奉命执行一项紧急空运任务。

突然，机身一晃，轰隆一声巨响，姑娘们还没弄清是怎么回事，就被震得昏迷过去。无人驾驶的飞机急速下坠。

俄顷，姗姗从昏迷中醒来，额头已被撞破，满脸流血，眼睛被凝结的血块糊住。她用手使劲扒开眼皮，只见座舱烟雾弥漫，仪表大部分失灵。

失去操控的飞机，赌气似的侧滑坠落。姗姗不顾伤痛，一跃而起，抓起驾驶盘，拼命把受了重伤的飞机拉起来。

这时，脸部受伤的梅梅从昏迷中清醒过来，腿部扭伤的芳芳从昏迷中清醒过来，她们俩艰难地挪到姗姗旁边。

高度四百，下面是连绵起伏的山峦，纵横交错的河网，星罗棋布的村庄……座舱被不明物击穿一个大窟窿，凶猛的气流、从断裂的导管中喷出的液压油，直射她们的脸上和身上，也涂满了飞机的风挡玻璃，跟发生了井喷一般。笨重的飞机，秤砣似的往下坠落，坠落。梅梅和芳芳的心也在往下坠落……

变了形的机体剧烈地颤抖着、摇摆着，发出可怕的咔叭咔叭的断裂声，忽升忽降，忽左忽右，随时都可能来个倒栽葱。飞机急速下降！姗姗牢牢抓住驾驶盘，尽力保持飞机的平衡和高度，防止撞山。她瞪了一眼呆了的梅梅和芳芳：你们还有口气吗，还不快过来帮我一把！

姗姗好不容易发现跑道，下达准备着陆的命令时，梅梅突然报告：起落架放不下！

这下可成了无腿先生！复飞吧，机场周围有工厂、村庄、学校、营房，后果不堪设想；在跑道上迫降吧，兄弟部队的训练飞机正在起降，一旦机身触地起火爆炸……

在草地备降道，进行机腹迫降！姗姗下达命令，集中全力使飞机对正备降草地。八米、三米、一米，平飞……落地，滑跑。

伤残的机头像犁地一般，铲着泥土向前推进，在草地上犁出一道深沟，滑行了一千多米才停住。三位姑娘带着满身泥土血污，艰难地爬出飞机，劫后余生，大难不死，抱在一起无声地流下瀑布般的眼泪。

姗姗姐，谢谢你救了我们大家的命。梅梅的感激是由衷的。

姗姗姐，你是当之无愧的英雄，我们要为你请功。芳芳的赞语是发自肺腑的。

不，你们错了，用不着谢我，更不必为我请功。姗姗好像很累，说话时声音很轻，我是机长，只做了我应该做的，也是为了自己能够活下来才这么做的。

你说疯话？

神经错乱吧？

姗姗不经意地笑笑：我的思想境界原先多高，现在还是多高，你们不会理解我。好了，我们又能回到红房子了。一星期后，请两位妹妹吃我的喜糖。

一辆救护车鸣着呜呜的笛声开了过来。

六

一星期后，姗姗结了婚，和新郎住到刚分给的新房里。

红房子顿时安静下来。

当天晚上，梅梅从皮箱里抱出一床新被子，在姗姗的那张空床上铺好，坐在一旁抹眼泪。熄灯哨已经吹过好久，她也不睡。

芳芳走过来，轻轻地摇着她的肩头说：睡吧，明天还要飞行哩。

不，我想等等姗姗姐。梅梅泪如泉涌。

别说傻话，她不会回到红房子里来睡了。芳芳拖着哭腔，心里也不是滋味儿。

我想姗姗姐。梅梅陡然觉得心里空空荡荡。

和你一样。芳芳接着说，心里也有几分惆怅。

人有时候就这么怪：当你得到某种东西时，并不一定懂得它存在的价值，而当你一旦要失去它时，往往才会感觉到它在你心目中所占的位置和真正的分量。

蓦地，梅梅和芳芳头碰头，脸贴脸，抱成一团，扑倒在姗姗的那张空床上，哭了，哭成了一对泪人儿。

（原载《小说林》1987 年 11 期）

后来者居上

剧团团长曹公将编导组的全部人马（其实只有两个人）召集在一起，郑重地说：

“二位从报纸上已经看到，咱们系统涌现出一位英雄人物——雷锋式的干部、张海迪式的青年、朱伯儒式的党员。上级决定首先让咱们团以英雄事迹为素材编一出戏进行宣传，任务紧迫，也很光荣。你们俩谁来担起这个任务呢？……”

曹公的话留了个尾巴，稀疏的眉毛颤动着，目光先落在中年剧作家吴思的身上。此刻，吴思呷了口茶，凝眉沉思：这位英雄的事迹，报纸、电台、文艺杂志都做过各种形式的宣传，再写戏纯系马后炮，很难出新，不会叫座的。而且搞这种题材难度大，弄不好砸了自己的牌子，危险系数也大。再说，泡进去就没个完，别的东西啥也写不成，不干为好。可也不便当着面推诿呀！左思右想，很为难。曹公好像有特异功能，吴思怎么想的，他全明白。他眨眨眼，视线移向年轻编剧肖才。

“小肖同志，你是怎么想的？”曹公不等对方回答，颇为关心地下达指示，“年轻人应该多实践，这任务，就交给你了。”

“我?”肖才张着口，露出两颗小虎牙，双眼盯住曹团长眨也不眨，半晌抬起右手，将细长的指头插进蓬松的头发里搔挠着，诚惶诚恐地说，“团长，这么重的任务，要是完成不了……还是请吴老……”

“哈哈！你小肖，应该拿出董存瑞炸碉堡的精神来才是啊。”曹团长双手叉腰站在他的面前，半是当真半是玩笑地说。

“团长用人有方啊!”吴思总算松了一口气，满脸堆笑，呷了一口茶，慢吞吞地说，“年轻人，最少保守，我举双手赞成。”他非常诚恳地对肖才说：“大胆干，有什么困难，我将尽全力协助。”停了下，又微笑道，“真到关键时刻，我手头东西放下，也要协助你把本子立起来。”

“那，有领导和老师的信任，我试试看吧。”肖才涨红着脸，接受了任务。

当肖才一离开，曹公当胸给了吴思一拳：

“你这个家伙，真有你的!”

“嘍!”

肖才领受了任务，立即体验生活，搜集素材，构思，拟提纲，搭架子，拉初稿，召开各种形式的座谈会，广泛听取各方面的意见，修改，一稿，二稿……忙得不亦乐乎！两个月过去了，上级领导多次向曹公询问剧本的创作情况，而且明显地表示出不满情绪：怪哉，四化建设那么快，一个剧本就如此难产？曹团长被问罪，真后悔当初不该看吴思的眼色行事，要是请吴思上阵，兴许戏已经登报公演了，唉！

“笃笃！笃笃笃！”曹公叩开了肖才的宿舍门，见他穿着裤衩背心，胳膊肘下垫着两块毛巾，伏案写作，方才想起近来几天正值酷暑，心头“咯噔”一下，被感动了：

“小肖，辛苦了！”

“哦，团长，您坐。”肖才忙起身倒水，可是，水瓶里是空的，桌头上放着几个冷馒头和咸菜疙瘩，他尴尬地一笑，“对不起，您稍候，我出去买几根冰棍儿。”

“不用不用。”曹公摇着纸扇，用手轻轻地掀动桌上的十六开大稿纸，问道，“进展顺利吗，啊？”

“硬骨头啃了不少。”

“唔？”曹公点点头，拿起一只馒头在手心里掂了掂，“冷馒头也啃了不少吧？是啊，搞个大戏不易呀！”迟疑片刻，试探道，“首长催得很紧，让老吴帮帮你，怎么样？”

肖才两眼一亮，欣喜地回答：

“太好啦！我也正想跟吴老师学一学哩。”

“那好，五天之内，你把这一稿拉完，好赖交给他整去，你说呢，啊？”

“行！”

第四天，肖才就把第三稿交给了吴思。当吴思接过零乱的稿纸，皱皱眉头，心想：一堆素材，恐怕还没有成形，看来希望不大，只好应付一下了……

“吴老师，您一定要好好给我指点指点。”肖才毕恭毕敬。

“呵呵！不必客气，都是自己人，你还是蛮有才华的嘛。”吴思呷了一口茶，杯中飘出一股淡淡的龙井香气。他用手抹了抹向后倒伏的黑发，无比谦虚而又极其热心地对肖才说：“我也不一定能有什么好主意。不过，我一定尽最大努力，像我的老师为我修改处女作那样，帮你把本子改出来。”

“吴老师，有您这句话，我太高兴了！”肖才说话的声音似乎都变了，“若不嫌降低了您的身份，本子定稿时，一定要同时署上您的大名。”

“这叫什么话！”吴思摇摇脑袋，“我的老师可不是这样。他为了修改我的处女作，两天三夜没合眼，重新构思，大改五遍。发表时，我恳求在前边署上他的名字，他却当头把我好一顿臭骂：‘名利思想！早知你会这么想，我绝不会帮你动一个字，懂吗？’我当时被感动得热泪泉涌。”他仿佛陷入了沉思中，“因为那篇处女作的发表，我才鼓起勇气，走上了戏剧创作的道路。”

“老师真好！”肖才是赞颂眼前的吴老师，还是赞颂吴老师的老师呢？瞧，他是那么兴奋、感激、虔诚。

很快，在剧团里，就连演员的家属孩子们在内，都飞传着吴思的佳话：“老吴高风亮节，放下手头正在撰写的有可能全国获奖的剧作，甘当伯乐，为肖才改本子！”“吴作家呕心沥血育新人，品德高尚，精神可嘉！”“吴思就是无私嘛！老吴在当代作家群中，堪称一代楷模！”云云。吴思每每听到赞扬，便谦逊地摇着头回答：“不敢不敢。”“过奖过奖。”“有愧有愧。”肖才在一篇日记中这样写道：“吴老师人品、文品都是我学习的榜样，能够和全国有名的剧作家吴老师共事，实乃三生有幸。有吴老师领路、指教，我拼上这条命也要把本子写好！否则将有负于领导的信任和老师的苦心。”吴思接过肖才的素材，关上门，连续苦战了十天。这天晚上，团里突然接到一封加急电报，要吴思第二天下午乘民航班机飞往广州，参加戏剧界一个重要的学术会议。

吃罢晚饭，曹团长匆匆敲开吴思的门，告诉了他参加会议的事，然后问道：

“本子定了吗？”

吴思胸有成竹，笑笑：

“明天上午，给演员们念念吧。”

“老吴，你果真名不虚传，快手！不过，你下午就要起飞，还得准备一下发言材料，本子就让肖才念吧？”

“不不！我应负责到底，念完本子上飞机，来得及的。”

“是不是太匆忙了一些？”

“嘿嘿！写英雄、学英雄嘛。”

“痛快，就这么着。明天见。”

翌日上午。剧团的排练场内。

“诸位！我是十天之前才着手这个本子的，仓促上阵，搞完了还没有认真推敲。今天念一念，目的是请大家多提宝贵意见。”吴思面对演员们，脸上流露着喜悦而又诚恳的光彩。

“老吴加班加点，很辛苦。今天下午就要启程，现在还亲自来给我们念本子，啊！”曹公在一旁插话，带头鼓起了掌。

坐在场中边座的肖才，似乎没有被任何人注意。他听了吴思和曹公的开场白，觉得不对味儿。“我是十天之前才着手这个本子的”，那十天之前的之前呢，是谁在着手这项工作？不是我肖才吗？“老吴加班加点，很辛苦”，我肖才没加班加点？我就不辛苦吗？不不，他俩说的都是实情，没有错，自己这是想到哪儿去了！他立刻觉得脸上发烧，埋怨自己胡思乱想，太小心眼儿了！肖才掏出笔记本，洗耳恭听着吴老师那洪亮的嗓门，不断变用剧中各种人物的腔调，抑扬顿挫、满含激情地朗诵道：

“第一场……”

场内不时传出嘁嘁喳喳的议论声，有不少人显得漫不经心，好像没有进入角色。

“第二场……”

议论声渐渐低落，大家都把目光集中在吴思的身上，看表情，似乎开始入戏。

“第三场……”

全场鸦雀无声，个个聚精会神，仿佛心儿被紧紧抓住了！

“第四场……”

随着剧情的发展，惊叹、惋惜、斥责、怒骂、赞美、欣喜、担忧、舒心……各种情绪交织着从每个人的面部流露出来，有时又从长吁短叹中表现出来；有两位姑娘还悄悄饮泣！

“第五场……剧终。”吴思念完，干咳一声，用手绢拭了拭额头上的汗，“请诸位批评指正。”

猛地，全场爆发出一阵热烈的掌声，这掌声持续了许久！过去念本子，还没有出现过这种激动人心的场面，足见剧本经过吴思之手，成功了。

……掌声中，肖才两眼直盯着吴思，面部表情也不动，只有两腮的肌肉微微颤抖着，不知是敬佩，还是吃惊，看得出他的内心正在承受着巨大的感情波涛的冲击！

机场。当吴思即将登上飞机的舷梯时，又转过身对送行的曹公说：“有关本子的事情，你从各方面再斟酌斟酌，拜托了。”

曹公听出了弦外有音，两个眼珠儿转了转：“理所当然的嘛，放心吧，只等你回来看彩排咯。”说完，他紧紧攥住吴思的双手摇摇，“快上飞机吧！一路平安！”

“谢谢。回见！”

肖才手捧着刚打印的、还散发着油墨味儿的剧本，一下愣住了，封面上“编剧：吴思、肖才”几个字像针尖一般刺着他的双眼。“卑鄙！”他看着看着，脱口而出，怒不可遏地冲向门外，不料正和曹团长撞了个满怀，差点儿把对方撞一个跟头。

“看你这风风火火的样子，干什么去？”

“欺人太甚！找您评理去！”肖才拍打着手中的剧本，“为什么不征求我的意见？”

半晌，曹公“哦”了一声恍然大悟：

“怎样署名是我定的，这不关老吴的事，有气冲我出，啊！”

两人说着走进屋里。肖才一屁股坐在木板床上，压得床板“嘎吱吱”乱响，他粗声大气地嚷道：

“什么‘高风亮节’‘一代楷模’，哼！沽名钓誉，抢夺他人成果……”

“住口！不准出语伤人！”曹公动了气，眼睛都红了，“人家出力没有？”

“出力了！”

“这不就结了？你肖才，通过戏剧学院和电影学院的培养，写作水平提高不大，名利思想倒滋长不少，不像话，啊?!”

“什么？我……”肖才被团长噎得脖颈上的青筋直暴，但一句话也说不出来。愣了一阵，他拉开抽屉，拿出一沓底稿，拖着哭腔说：“团长，劳驾您看看，这是我十天前交给老吴的第三稿。”

“我没空！”曹公虽然说气话，但还是接过了稿子，坐在床前的靠背椅上翻起来。“人物关系……差不多。场次？……场次多了一场嘛，噢，是把二、三场合并了。剧情发展……发展……咦？这个、这个……整个改动不大嘛。”他仰起脸，举起稿子在肖才的眼前晃了晃，“刚才批评你的话不对，我收回。可是，你为什么不早拿给我看呢？啊？”

“您根本就不相信我能写出剧本！”肖才眼泪在眼眶子里打转儿。

“唉！现在已是既成事实，本子刚拿走送审。”曹公在屋里来回踱着步，暗自思量：这个剧本无论思想性、艺术性，都堪称上乘，与当前形势结合很紧，公演后，有可能在社会上引起震动。怪不得吴思开始并无兴趣，看了肖才的本子后却如此热心起来，连出差之前也不放弃念本子的机会，这样做就会在群众中造成一种印象：剧本是我吴思一手写出来的。这家伙，真鬼！这不明摆着是抢肖才的成果吗？对，吴思的名不该署上。但是，机场的情景立刻浮现在曹公的脑子里，转而一想，在心里叹息道：不行，吴思是团里的台柱子，闹翻了，我这个团长是不好当的。于是，他把手放在肖才的肩头上，安慰道："想开些，来日方长，算了。你看，剧中的主人公为群众做了那么多好事，想到自己要当英雄、出大名了吗？没有嘛。而那个对立面人物则闹名誉，争地位，好大喜功，下场又怎么样呢？成了人人唾弃的伪君子。所以说，写英雄，首先要学英雄嘛，你说是不是，啊？"

肖才一直没吱声，听到这里，伸手从桌上拿起毛笔，蘸饱了墨，把剧本封面的"肖才"二字一笔给抹掉了。

"你、你这是什么意思？"曹公不解地问。

"没什么。"肖才平静下来，不紧不慢地说，"团长，等吴思同志从广州归来，我一定登门向他致意，就说他为该剧想了一个绝妙的名字！"

曹公不由自主地把视线移向剧本的封面，五个大字赫然跃入眼帘——《后来者居上》。

该剧上演后，果然不出所料，立刻在社会上引起巨大反响，全国各地有三十多家剧团前来向他们学戏。上级党委为了表彰他们的出色成就，除了给主要创作人员立功、授奖、晋级外，还给剧团评了集体三等功。与此同时，吴思又一新作（即修改《后》剧时放下的那个本子），亦在一个大型戏剧刊物上发表了。这个剧本，有人说就是上回关起门用了十天时间突击出来的，究竟是真是假，倒也无人想去查，只是演员和家属孩子们开始躲着吴思了，不知何故。但吴思每天却被电台、电视台、报纸这些新闻单位的记者团团包围，纷纷邀请他介绍创作经验，一时成为人们关注的新闻人物。

可是，可是那个肖才呢……

（原载《长江文艺》1984 年 2 期）

眼泪，落在蜜月的照片上……

像他俩，性格迥然不同，居然能结成夫妻，岂不怪哉？

业余作家所而康文静、持重，屁股一着凳就能待上五六个小时，可以不说一句话；相反，他的妻子总是两眼一睁，“忙”到熄灯，爱玩爱闹，很少见她有安静的时候。他急了，就说她大概是排行老三的缘故，要不怎么像个“猴三”呢？因而，所而康觉得别人有了妻子是幸福，而自己有了妻子却是累赘。

当他看见妻子斜倚在自己的肩头上睡熟了时，便轻轻地将她的头移向沙发，关了电视，《永恒的爱情》立即消逝了。他蹑手蹑脚地走进北边的小屋，一切都显得那样宁静。

谢天谢地！现在，世界似乎全属于他了。他坐在写字台前，沉重的身躯挤压着藤椅，不时发出“吱吱嘎嘎”的响声。他左手托腮，右手捏笔，脑袋低垂，两条腿下意识地左右摇晃着。在这间十四平米的小屋里，只有窗台上的闹钟发出轻微的节奏匀称的“嚓嚓”声。台灯下橘黄色的光线照在稿纸上，那方格子里的字儿，倏地像蝌蚪般在他眼前游动起来。他直了直腰，仰面深深地吸了口从窗外吹进来的湿润清新的空气，两眼明亮了些，周身也爽快多了。可是，在此之前，他的心情是沉重的、不愉快的。一连几个星期来，他都是完成了一天繁忙的工作，回家还要领受“特别任务”：傍晚陪着妻子去散步，七点钟陪着妻子看电视，一直到差不多十点钟。等妻子睡下了，才能坐到写字台前让纷乱的思绪沉静下来，继续构思，接着写作。但是，往往没写上几笔，又会被一阵尖厉的喊声或“笃笃笃”的敲门声惊扰，使得他精力不能集中，写了涂，涂了写，进展极慢。

“笃笃！笃笃！”门被敲响推开。“好啊你，真会钻空子，我刚打了个盹，你就溜了！睡觉吧，亲爱的作家同志。”随着尖厉的喊声，身穿草绿色睡衣的年轻貌美的妻子来到他的身旁，弯腰趴在他的肩头上，用柔软的秀发擦着他的脸，“明天是什么日子，忘了？”

“星期天，亲爱的。”

“都十点多钟了，你还不休息？又不想陪我逛公园，是吧？”

“到哪儿逛？”

“天坛、故宫、颐和园，回头顺路再到动物园。”

“那些地方逛过多少回了，还……”

“哟，还是个报纸编辑呢，没见报上介绍吗？天坛正在办菊展，故宫有新疆出土的古尸展览，颐和园的昆明湖上有船模表演，动物园嘛刚运来一只什么珍奇动物，不看看，错过机会多遗憾啊。”

“是呀，真该去一饱眼福。可是，”所而康心里很为难，两只黑眼珠朝妻子的圆脸上滴溜溜转了转，指着桌上仅写了个开头的小说稿，“人家刊物又是拍电报又是派人来向我催稿，说版面都留出来了，可我还迟迟不能完稿。要是写不成，耽误了人家刊用多不好，人不能言而无信。亲爱的，明天你就高抬贵手，放我一天假吧，啊?”他转过身，看着妻子睫毛中一对闪亮的眼睛，抚摸着她一头乌黑的长长的鬈发，简直是用乞求的腔调说。

可是，她没有理睬和同情他的乞求。她像闹着玩似的，伸手夺过丈夫面前的稿子，“刺啦刺啦”撕得粉碎：“叫你写！叫你写！嘻嘻!”然后拂袖而去，回到了卧室。

“你、你——!”所而康毫无防备，眼睁睁地看着稿子被撕毁，“怎么能这样!”妻子修长的身材、漂亮的容貌、温顺的性格，蓦地在他的眼里全变了形：矮小！丑陋！冷酷！原来一个天使般美好的形象，顿时从他的脑子里烟消云散了。

糊涂的妻子啊，你撕碎了我的理想！你撕碎了我的快乐！你撕碎了我们的爱情！撕碎了，统统都被你撕碎了！所而康深感愤懑、痛苦。他的腿在颤抖，双手的指尖开始发麻，这种感觉一直延伸到两条臂膀，又像电流一样传向脑袋，头开始发晕，心也慌得不行，两眼直冒金花！闪烁的金花，飞旋的金花，变幻的金花！这时，他好像看到作品中那个年轻的妻子怀抱婴儿，正哭着向丈夫认错。她过去一心想着小家庭，对丈夫的科研试飞工作不支持，经常跟丈夫闹别扭，甚至吵着要离婚；现在她醒悟了，认错了。不过，她为什么要这样呢?思想脉络还不清楚，得重新结构……真烦恼啊！在这沉重的时刻，她不鼓励他的热情，却毁坏了他的灵感！他痴情塑造和鞭挞的形象被她撕碎了。她无异于撕碎了他一颗寻求理想和快乐的美好的心啊！还有比这更让人难以容忍的吗？

“离婚！”所而康猛然在脑子里产生了一个可怕的念头。同志们劝阻怎么办？领导会同意吗？要是她的当局长的爸爸和没有文化特爱饶舌的妈妈对女儿袒护呢？不能优柔寡断！确系感情破裂，有一方提出便可离婚——好像是新婚姻法第二十五条所说。对，一定要请法院做出公正的符合道义的判决！阴郁、埋怨、憎恨，多种复杂的感情交织在一起向他袭来，增添了他的力量。他手按桌面站起来，碎稿纸从身上纷纷扬扬飘落下来，他的心都快碎了！他一步一步地向对门的卧室走去。难道这就是喜剧的结束悲剧的开始吗？

人有时候就连自己也不可捉摸，当萌发出一个念头，哪怕是最可怕的，都会因一时的感情冲动而决心付之于行动；一旦真的行动了，又会因某种缘故在刹那间改变原来的主张。所而康就是这样一个人。他撩开卧室的门帘子，真想立即向妻子提出离婚。但是，当他一眼看到妻子蒙头躺在床上唏嘘，床头柜上一杯牛奶正冒着热气，他的心软了。妻子身体虚弱，是经医院开的证明才订了一瓶奶。可她自己却舍不得喝，每天晚上睡觉前，她都亲手煮好端到床前看着所而康喝下，她说鲜牛奶对治疗他的神经衰弱症有益。眼下，妻子又给他煮好了牛奶，正想喊他喝下睡觉，而他却要向她提出离婚。此情此景，所而康很觉对不住妻子，在心里责备自己不该胡思乱想，怎么能忘掉妻子那么多的好处呢！他越发感到羞愧难言了。

大概是听到丈夫的脚步声，她掀开被头，翻身坐起，双手捂脸，呜呜大哭，显得既委屈又悲伤。她一边哭一边诉说着不尽的苦衷："人家夫妻到哪儿都成双成对，你没哪回能痛痛快快陪我玩儿的。你不爱我，你是冷血动物！找上你，算我瞎了眼啦！"

"后悔可以离婚嘛，离了婚你就有一双千里眼啦！"所而康很奇怪，刚才不想说的话怎么脱口而出？

"离就离！怕你？"她神情高傲地瞟了他一眼，哇的一声哭开了，"叫你离！叫你离！"随手将床上的缎面被、绣花枕头全扔在地板上，从床的这一头滚到那一头。"我早看出来你喜新厌旧了，你心里又有了别人！想甩了我？哼，没那么便宜，我不干！呜——呜——"

往日，所而康有"三忌"，最忌怕妻子向他"板面孔、噘嘴巴、淌眼泪"，不管妻子犯了他的哪一忌，他都惶惶不安。他希望家庭生活是和睦幸福的，因此，每当妻子犯了忌，他看书时便放下书本，写作时就抛开纸笔，使出全身的解数，用温热的话语劝她笑逗她乐，直到重归于好。旧景重现！他站在床前，为妻子的胡闹而愤慨，弯腰从地上抱起枕头被子，拍打干净，铺叠整齐，咳嗽了一声，无可奈何地、迅速而痛苦地瞥了她一眼，这目光里带着责备和烦闷的神色。但他还是在竭力从脑海中寻找最动人的话语，乞求得到妻子一笑，否则他这一夜都不得安宁。

床头柜上台灯的柔弱的光线，将她的身影投射在蓝地碎白花的窗帘子上，一动也不动，只是口里仍在呜呜咽咽不停声地哭泣和诉说。她觉得自己是寂寞的、不幸的。

“说我不爱你，真是天大的冤枉，”所而康紧挨妻子身旁坐下，用手理着她额前一绺头发，脸上露出不大自然的微笑，“我真恨不能把心肝掏出来让你看看。”话一出口，他自知缺少以往的那种柔情蜜意，看来她是不会笑而和解的。

“早看到了，黑心烂肝!”她突然转过身子，背向着所而康，“我并没有让你干什么坏事情，只求你陪我遛遛马路、看看电视、逛逛公园，你总是不乐意，这也叫爱我吗?哼，说的比唱的还好听!”

直到现在为止，所而康都在试图控制着自己不被她激起来。他心烦意乱地站在一边，脸上显出痛苦的微笑，两眼乜斜着她，表示出几分蔑视。静默了一会儿，他双唇紧闭，锁着眉头，从衣柜底层的抽屉中取出一本蓝色绸面儿的影集，双手捧着在屋子里徘徊。他把它递给了妻子，冷冷地说了句：“看看吧！看看它也许再说话就会公正一些了。”

看它？一本影集，结婚时朋友送的，有什么好看的！但她还是忍不住瞥了它一眼，把它拿在手，翻开来。啊！太值得一看了，上面粘贴的一张张彩色的、黑白的、茶色的照片，许多是她拍摄的；它记录了结婚之后短短半年间他们爱情生活的姿影，这是甜甜蜜蜜的真实写照。她靠近台灯，俯下身去，认真地看起来。此刻，在她那美丽的却又像被蒙上了一层纱幕的眼睛里出现了一盏明灯；在她那纯洁温良但又像干涸了的心田中涌现了一泓清泉！她那神色是在寻觅失落了的记忆，还是在追踪旧日留下的足迹？啊，也许是在渴望得到一个复苏萌绿的美好世界吧？

下面是一组取景别致、构图不俗的照片：忙碌的重庆朝天门码头、笼罩着神奇色彩的长江三峡、千古吟咏的武汉黄鹤楼、全国四大米市之一的芜湖江岸绮丽风光、长虹般飞跨大江两岸的南京长江大桥、苍松翠柏环抱的雨花台烈士纪念碑、云发高盘一身洁白立于莲花之中的莫愁女……每一幅画面里都留下了他俩不同感情和姿态的身影——她又看到了，他们新婚，从重庆搭船，乘风破浪，到达古城南京，在那里度过了蜜月的最愉快最美好的时光。她静静地看着，想到那时丈夫的体贴入微、温存无度，她的心沉醉了。

往后看，她仍然心花怒放，脸上充满了欢乐——这一幅，他俩挽臂站在景山的顶峰上，透过朦胧的烟雾，俯瞰全城鳞次栉比、星罗棋布的建筑群，犹如画中之人！她记得很清楚，这是他们度完蜜月回到北京头一个星期天留的影。下一幅，是他们在昆明湖上划船，他轻荡双桨，她戏水弄影，真像一对水上的鸳鸯。再一幅，天坛的回音壁，一人窃窃私语，一人俯壁倾听，既有心声的回响，又有情爱的交融……

“说我不愿陪你玩，说我不爱你，”所而康终于打破了静默，涨红了脸，指了指影集，带有几分责备的口吻说道，“它们不是有力的见证吗？”

“得了吧！后来呢？现在又怎么样？哼！”她收敛起笑

容，喉咙哽咽，“过去的都像过眼的烟云！”说罢，她又哭了，两行热泪从腮边慢慢地流下。

“你是个明白人，总该懂得我的心！业余时间对于我是多么重要啊。我并不反对玩，也不是没有陪你玩，可要是一味地玩、玩、玩，那我的计划何日才能实现呢？”所而康的心境受到了强烈的震动，愤愤地说。他计划利用一年的业余时间，细读一遍罗贯中的《三国演义》、列夫·托尔斯泰的《战争与和平》、赫尔曼·沃克的《战争风云》和显克维支的《十字军骑士》，同时写一部反映部队现实生活的中篇小说和两个短篇，再到基层连队采访和生活一段时间。很遗憾，半年的时光已经无情地逝去，除了到高山连队生活了一个月，书只读了一部，作品未完成一篇。时间，时间，时间！再让它白白地溜走，一切计划只会成为一句空话！他暗自思忖：今后，我还是像往常那样，不论她怎么闹，依旧一个星期用一个晚上陪她看电视，一个月拿出一个星期天来陪她一道游玩，决计不能迁就她！看着她哭成了泪人儿，他心里又惶惑不安，神不守舍地向她说着温存的话：“莫哭莫哭，哭多了伤身呀。你不要这样自寻烦恼，亲爱的！”

“少来这一套！‘亲爱的’，我不配！”她面目全非，脸色一阵红一阵白一阵青，眼睛里射出了一股冰冷的目光，像个醉汉似的神志狂乱。一盏明灯熄灭了！一泓清泉干涸了！她抬手把过去最喜爱的影集摔到床下：“跟你的书本去亲吧！和你的稿子去爱吧！我不要！我不配！”

他被抢白得无话可答，她便转过身来看他。呀，他这是怎么了？一副病态！瘦削的脸上苍白得没有一丝血色，三道犁沟似的皱纹横贯额头，眼圈发乌，太阳穴上的青筋纹理分明，鼻孔下边密密麻麻爬了一层小水泡，张开厚厚的嘴唇喘着粗气。她仿佛感觉到他放在自己肩胛上的两手在轻微而不停地颤抖着。她着实被他这副模样惊住了，是自己惹他气成这样的吗？该死！她心里很难过，霎时间在挂满泪痕的脸上露出了极其慌乱的神情，急忙把他的两只手紧紧地握在自己的手里，脸上的表情随之而变，变得奇怪而复杂了：在那笼罩着莫大委屈和降临了某种不幸的阴影的脸上，却出现了自责和深情的微笑。“而康，亲爱的！你是怎么了，病了？生我的气了？别这样，是跟你闹着玩儿，真的！我觉得这么闹着挺好玩的，骗你不是人，是小狗好了吧？小狗叫我也学会了，你听——”她真的贴他耳旁“汪汪”地学了两声狗叫，“别跟我这么严肃好不好？笑笑，笑一个？嗯——笑嘛！嘻嘻，对啦！亲爱的，别看我跟你闹，其实我是在尝试家庭一种新的乐趣，懂吗？”

“啊，乐趣？乐趣！”所而康使劲摇着她的两条长胳膊，瞪大眼睛发呆地望着她的脸，声音沙哑地问，“跟我又哭又闹，撕碎我的稿子，你怎么会把这些都当成乐趣？”

“唉！我也不知道，反正说不上来。”她回答得很平静，笑悠悠的，“不过我觉得，说说笑笑、卿卿我我是表达爱情的一种方式；哭哭啼啼、吵吵闹闹，你哄哄我、我逗逗你，不也是表达爱情的一种方式吗？我是什么样的方式都想领教领教，照你们文人的话说，这就叫‘得乐且乐，何乐而不为呢’！你不觉得怪吗？”

“你可真会乐呢！”他说着脸上忽地一下掠过一道怒火的闪电，“干吗要这样折磨自己，也折磨别人？可以换一种方法寻找乐趣嘛，比如……”

“比如跳舞？”她腾地跳下了床，提着睡衣翩翩起舞，转了两圈又在衣柜前站定，抬头看着穿衣镜里这位俊俏的少妇，身着镶金丝边的绿睡衣，丰满的胸脯显示出全身优美的曲线。她做梦也没有想到爸爸妈妈赐给自己这么一副端丽的模样儿。“哎哟！”她接过刚才的话题尖声说，“探戈、华尔兹、迪斯科，全跳腻了，没劲。”

“公园你逛过多少回了，为什么还想去？花花草草就看不腻？”所而康内心涌起怨愁、激愤的情绪，甚至为妻子的行径感到悲哀，“再说我并不是要你去跳……”

“哟，亏你还是个在全国得过奖的业余小说家哩！”她嘴角流露出一丝嘲讽的笑意，扭头瞥了丈夫一眼，“对生活太缺乏观察力啦。花花草草是自然界的小精灵，时时刻刻都在变化中，一天一个样儿，能看腻吗？百看不厌！”她又一次瞥了瞥丈夫，“一个作家，不爱大自然，不爱美好的生活，他肯定成不了一个好作家。同意我的见解吗？”

“是的，我当然同意。”他觉得，她的这些话没有错，只是不够全面。一阵沉默过后，他提醒道：“不过，一个作家，不能用手中的笔和深沉的爱去执着地赞美自然、表现生活，我敢肯定他是最痛苦的。你也同意我的看法吗？”不知道为什么，他说这话时身上哆嗦不定，脸色也不好看。

“嘻嘻！你越生气我就越感到高兴。”她没有回答丈夫的问话，转身扑向所而康的怀里，又亲又吻，像小鸟一样快活。

不错，她快活极了。然而，他却惆怅无限。他捧住她的脸蛋，看着她那两只深潭似的黑亮的眼睛，它们是这般天真无邪，两缕爱的火焰从中喷发。他感到了兴奋和温暖，也受到了幸福的陶醉。可是，它怎么就看不透自己的心思呢？倘若这对黑眼睛有爱克斯光那样的神通，能够看穿五脏六腑，也许她就能够对自己的所为理解和支持了。他面对怀抱中的妻子，联想到作品中的妻子，她们何其相似！只不过一个妻子已经悔悟，一个妻子依然如故。幸福的泉、厌恶的火，两种不相容的情感一起搅痛了他的神经！“切莫焦躁！”他告诫自己。一缕鬈发盘曲在她的前额上，他低下头用微颤的厚唇吻了吻它。颤抖的心加上甜蜜的吻，妙不可言！它是悲和喜的结晶、恨和爱的交响！他思量许久说：“你是医生，我是编辑，业余时间，你多钻研钻研医术，我也多搞点儿创作，我们不是同样可以自得其乐吗？”

这句话只引起她淡淡的一笑。她从丈夫的怀中挣脱，面对他双臂交叉，轻晃着上肢，低声唱起了哪一位“大师”用流行曲调填词的歌，歌声委婉之中略有些伤感：

此生令人倦，
徒洒泪——空叹息，
情爱本无常。
此生令人倦，
徒洒泪——空叹息，
情爱本无常，
转眼——即离去！

没有唱完，歌声戛然止住，她显出一副玩世不恭的样儿，叹息道："唉，生不逢时啊。上了三年工农兵医大，反而被一些没进过医校门的人瞧不上眼。算了，我也看透了，能值值班，不把活人治死就行。请你放心，亲爱的，这点儿水平还是有的。何不趁现在正年轻，得乐……"

"又是你那套'得乐且乐'！够了！"

"乐，乐又怎么样？我就是要乐！你嫉妒？生气？看不惯？统统去你的吧！要是我高兴了，还有更高级的乐趣哩，想听吗？"她双手叉腰歪着脑袋挑衅似的看着他，"跟别的男人打情骂俏，你不会吃醋吧？"

"无耻！"他实在忍无可忍，像疯子似的扑过去，高高地挥起了拳头。

"好啊！你敢动手打我？"她吃惊地后退了几步，又鼓起勇气向丈夫冲过去，用双手捶他的肩，用脑袋撞他的胸，边哭边喊，"你打吧，打吧！冷血动物！黑心萝卜烂心肝！我为你怀孕三个月，你打呀！不打不是人！……"

"什么？你怀孕了？"所而康为刚才从未有过的鲁莽而吃惊，幸亏没动手，镇定了一下情绪，张开双臂将妻子搂在怀里，"叭叭"在她的腮帮子上一边印下一个亲吻。

停了片刻，妻子抬起头偷偷看了看他，"扑哧"一下破涕为笑："傻瓜！全是我说着玩的，你还当真呀？"

所而康猛地把她推开，垂着两手，连坐下的力气都没有了，两腿的膝盖直打战："你、你为什么要这样？"

"先让你气我，再叫你爱我呗。"她乐滋滋地回答。

"恐怕这是你的又一种乐趣吧!"他那充满责备和怨恨的目光，从两道寒冷的浓眉下直瞪着她。气愤中，他从抽屉里翻出一包待客的"红塔山"，抽出一支，还没点着就被妻子全夺去了。

"馋猫，不准抽！睡吧。"她把烟放在自己的枕头旁，乐呵呵地帮丈夫解开衣纽，随手关了灯。不一会儿，她便发出轻微的鼾声，好像进入了烦恼的梦乡，嘴里喃喃地说："……明天，不愿……陪我玩，心……真狠……真狠!"

他听了，哭笑不得，双手交叉着放在胸前，浑身像有蚂蚁爬。刚才在两个小时内所发生的事情，犹如经历了半世。他闭紧双目，心潮起伏：有人说，生死离别不是人生的悲剧，真正的悲剧却是相互间的冷漠。我与妻子没有发生悲剧，会不会发生呢？假若发生了悲剧，是怪自己的冷漠，还是怨妻子的无情？不，想到妻子平时在生活上的关心，感到她对自己还是有感情的。但是，她怎么就是不理解自己呢？试问我要干的正经事没干完，哪有兴致陪你逛公园呢？……他衰弱的神经，这时就更衰弱了。

翌日清晨，妻子醒来，见丈夫穿戴整齐，并且准备了照相机、折叠伞、黄色鹿皮手提包、吃的、喝的……心里全明白了。她似乎头一回发现自己的丈夫有这么好！她高兴得一个翻身下了床，跑到所而康面前，伸出春藕般的长臂勾住他的脖颈转了一圈，柔声柔气地说："我猜你一定会陪我去玩的！你坐沙发上等着，我拾掇一下就走。"她乐不可支，跑进了对面的小屋。

"糟糕!"所而康心里一怔：刚才只把烟灰缸子倒了，

却忘记打开窗户放烟。她的鼻子对烟草味儿忒敏感，准是嗅出来了。她极力反对抽烟，说嘴里尽是臭味儿，还容易得肺癌。完啦，等着她跟我大闹一场吧。

许久，她从小屋里出来，奇怪，脸上没有一丝气恼，而是深情地注视着所而康。好久好久，才像个认错的孩子低垂着头，回到床边，捧起那本蓝绸面儿的影集，一张一张地翻看起来。

根据以往的经验，所而康预感到一场暴风雨马上就会来临。他小心翼翼地走到妻子背后，赔着笑脸轻声地问："亲爱的，不是出去玩吗，忘了？"

她头也没抬，带有几分责备的口气问："你为什么一夜未睡？"

"谁说的！"所而康舒了口气，笑着说，"不但睡了，而且还做了个美梦……"

"算了吧，我又不是三岁的孩子！"妻子递给他一面小圆镜，"抽了一包'红塔山'，还想糊弄我？你自己照照吧！"所而康从镜子里看到自己一副倦容，最明显的是两眼内爬满了血丝，活像一道道静止的、枯枝状的闪电。"嘿嘿嘿！昨晚写了一宿小说，这不是为了陪你出去玩嘛，两不误。咱们快走吧。"

——忙碌的重庆朝天门码头……

"你怎么不说话呀？"

——笼罩着神奇色彩的长江三峡……

"先到故宫？"

——千古吟咏的武汉黄鹤楼……

"还是先去天坛?"

——全国四大米市之一的芜湖江岸绮丽的风光……

"谁又招你惹你了?!"

长虹般飞跨大江两岸的南京长江大桥……

"气死人哪!"

——苍松翠柏环抱的雨花台烈士纪念碑……

"你真像个怪人!"

——云发高盘一身洁白立于莲花之中的莫愁女……

她一声不吭，只顾轻轻地翻，细细地看，显得比以往任何时候都要安静。从未有过的现象!

"快走哇!"所而康有些急了，拽了拽妻子的衣袖。

"嗯——!"她摇了摇头。

"别看了!"所而康更急了，抓住妻子的胳膊，简直想把她拖走。

"嗯——!"她又摇了摇头。不知道为什么，这时她的眼泪吧嗒吧嗒地流了出来，落在他俩刚度完蜜月回到北京后，挽臂相依在景山顶峰上拍的那一幅彩色照片上……

(原载《滇池》1983 年 8 期)

想入非非

傍晚，放学的铃声一响，年轻教师辛知义就对着挂在墙上的小圆镜，从西服的口袋里掏出一把牛角小梳子，细心地梳理刚吹过风的黑发。一张焕发着青春魅力的四方脸，两只有点儿近视却眉毛浓黑的大眼睛，以及那座高耸的鼻峰下张开厚唇的嘴巴，各个部位在镜子里汇拢，展开，又汇拢，又展开，一连表演了三次，做个鬼脸，一吐舌头，从铺上拿起黑色小提包，将一份发言材料塞进包里，匆匆走出校门。

在校园外右侧百步之遥的马路边，有个郊区公共汽车停靠站。辛知义吹着口哨："毛毛雨，毛毛雨，你是多么温柔……"正向车站走去。一辆公共汽车呼呼开过来，他抬起胳膊看看表，六点十五分，这正是一趟末班车。他慌忙来了个百米冲刺，刚挤了上去，车门"哐当"一声就关上了，差点把他的提包给夹住。

初夏的风，够不上燥热，但是，为赶这趟末班车的冲刺，倒使辛知义额头上渗出不少带有咸味儿的汗珠。他掏出杏黄色的双皱褶手帕，拭去额头、脖颈的汗珠，屁股靠着一个姑娘的座位的扶手，全身方得到一些放松。

随着汽车的颠簸、摇晃，他轻轻地舒了一口气，脑子里立刻浮现出一个激动人心的场面：千余双眼睛，仰视着讲台，整个礼堂静得出奇，市报和电视台记者拍照、录像的灯光从各个角度投射来，更使得他容光焕发、精神抖擞。“……当一名新时代的青年教师，不但要做到仪表美，更要做到心灵美!”他用一个有力的手势，结束了《要做名副其实的人类灵魂工程师》的经验介绍时，经久不息的掌声把他给包围了……

“……喂！你是聋子还是哑巴?”一个留长发、蓄胡子的售票员，隔着拥挤的乘客高声嚷道。

辛知义一愣，茫然地看了看对方。

“看什么，说你呢!”

“哦，对不起。”辛知义忙从衣兜里掏出月票，高举过顶亮给他看。

对方没再说话，仍然满脸的不高兴。

他刚才是在预想着明天学校举行“五讲四美”报告会时，自己在发言时将会出现的热烈情形，打从上了车，就忘了向售票员出示月票。虽然对方的态度使他很反感，也想回骂几句，即使拳脚相对，作为体院毕业出来的，那也不在话下；他瞅着司机背后的挡板上贴的“文明服务公约”，真想指着那上边“说话和气”“热情周到”的条款，让“小胡子”念给乘客们听听。可他没有这么做，硬是忍了，觉得跟这号人犯不着动肝火，何况自己也有点责任呢，便强赔着笑脸，事情也就这么过去了。倒是有不少乘客们看不惯，直向售票的“小胡子”翻白眼、摇头和叹息。

一场小小的风波很快平息，辛知义重又想着明天做报告的事。他觉得发言稿缺少一点儿能够打动人的力量。到底什么力量才能打动人呢？他一时又说不清楚。有了，像刚才这件事，我礼让三分，不就是挺生动的素材吗！不过，光这么一件事儿，再会圆，也还是显得单薄呀。好好回忆回忆，没准儿还有更动人的哩。对，回家发动新婚的妻子帮着自己一起想，不信挖不到响当当、亮光光的典型事例——越多越好嘛……

“嘎”的一声刹车响，打断了辛知义的思路。定睛一看，车子已经到了终点。就是说，他不知不觉多乘了三站地。“妈的，你为什么不报站名?!”他瞪了一眼正在数钱的“小胡子”，怒火中烧，话到嘴边又打住了。能责骂人家什么呢？分明是自己心不在焉，思想溜了号，根本没有注意听售票员一路上所报的站名。

他跳下车，回头向“小胡子”友好地挥了挥手。其实他这是寻开心，人家压根儿就没注意到他的一举一动。

这儿是新建的工人住宅区。五层以上的米黄色墙壁的楼房，一幢幢，既整齐又雄伟，给郊外增添了许多活力，充满了现代化的迷人色彩。“因祸得福!”他自言自语，索性放慢了脚步，欣赏一下这市郊的风光。马路两边垂柳依依，风吹柳枝沙沙作响，楼前绿草如茵，一块块梅花形的花坛内，美人蕉、月季花正在晚霞中燃烧。家家户户的阳台上，一盆盆鲜花争奇斗妍，真使人赏心悦目。辛知义心里怡然，刚才的恼恨也就随之烟消云散了。

走着走着，他的左腿肚有些隐隐作痛，他弯下腰，勾着头，轻轻地揉了揉……

天将黑的时候，宿舍里闷热得叫人透不过气来，辛知义想到校园外边散散步。晚上学校搞联欢，他没有回家。走着走着，他突然觉得有人在呼喊，侧耳一听，喊声来自女生的厕所。“不好！”他撒腿跑去，厕所灯光的黑影处，两个人扭打在地上，滚来滚去，是一个小流氓想侮辱女同学。既然撞见了这种事，躲是躲不得的，他握着拳，心头有些发怵，腿肚子有点打战，但他还是硬着头皮步步逼上前去，大吼一声：“流氓，住手！”

这一声吼，把小流氓吓住了，那家伙一骨碌爬起身，见四周除了他再无别人，壮起胆子，举起三棱刮刀迎过来。

“你、你要干什么？”他问，声音有些发颤，忙对女学生嚷道，“还不快跑！”

女学生跑了，流氓也跑了。可他的腿肚子上却留下了这块刀疤，阴雨天或劳累时常常发作。为这事他曾后悔过，一个人，要是残了一条腿，一切都完了。可他也兴奋，因为学校表彰了他舍己救人的事迹，树他为“心灵美的灵魂工程师”，并要他明天在全校大会上介绍经验体会，号召师生员工们向他学习。

现在，他把这件事细细地回想一番，还是有些后怕的。这种事，大概也不会再遇到了，要是真的遇着呢？再说，有时社会治安并不能那么让人乐观。他不敢往下想，叹了口气，沉默一阵，在腿肚的伤口处又摩挲了一会儿，突然站起身，迈开步子走进了楼群幽暗的街巷里。

一排高高的钻天杨，两行浓绿的冬青和松树，一直向远处延伸，犹如绿色的长廊。晚霞的余晖伴随暗影一同降临。巷子里阒无一人，他加快了脚步，不想再观赏这儿的景致了。蓦地，有一个年轻女子，从一条小巷里走出来，在辛知义的前头轻盈地走着。辛知义虽然有点近视，但还是能够模糊地看出女子身材苗条，腰肢纤细，肩胛宽宽，显得十分丰腴。晚风吹来，绿色的裙裾轻轻飘荡，在那红上衣的映衬下，活像一株盛开的舞动的荷花，楚楚动人。

呵，在这晚霞满天的郊外，遇着这么一位美丽的年轻女子，真使他心旷神怡。怪事儿，远远地从她的背影看，好像有点眼熟，在哪儿见过吗？他边走边想：是邻居、同学，还是老师、亲朋？都不像。偌大的城市，茫茫人海，哪里会有这么巧的事呢？他责骂自己是在胡猜疑。要是大胆地追上去，跟她说说话，不也能减少独自行路的寂寞吗。笑话，这算什么事哟！一个妙龄女郎，骄傲的公主，怎么会和一个陌生的男人搭讪呢？笑话！

两人始终保持着一定的距离。她走得不紧不慢，他也跟得不慢不紧。她一扬手，向路旁的树丛里扔下一个什么东西。他从背后远远地盯住它，走近前，见丢的是一张“北冰洋”冰棒纸，弯腰捡了起来。这种冰棒新婚的妻子最爱吃，他想。纸上的图案是冰峰，使人一看就有凉爽之感，他把它放在手掌心里攥着，又放到鼻上嗅了嗅，还带有甜润的芳香，心里感觉甜津津，脸上感觉火辣辣，是一种陶醉的快感，还是一种羞愧的自责……

倏然间，她又神奇地出现在面前，美丽的黑发披在肩上，瓜子形的脸蛋显得格外娇艳漂亮，手牵着手，臂挽着臂，在溶溶的月光下散步，在清清的湖面上泛舟，在新房里共享天伦之乐……充满了柔情蜜意。这是新婚的妻子。一想到妻子，他为自己刚才的想法不寒而栗。辛知义觉得对不住妻子，仿佛在感情上亵渎了她。往日里，艳遇、邂逅一类的故事倒是听过不少，那只是个笑谈，跟自己是毫无瓜葛的！他安慰自己。

夕阳斜射过楼群，投射到地面上的各种物影中，有她的一条颀长的身影。辛知义双脚踏在它的中间，立刻如轻云一般飘飞起来，悠悠荡荡，好似腾云驾雾。她动了，影儿向左，他也向左，影儿向右，他也向右。“咚！”一声闷响，脑门发麻，眼冒金花，他抬起头，才发现撞在了一根水泥电线杆子上，倒霉！

夜幕降临了。她又出现在左前方的巷口，他猜想她的家难道就在这一带吗？有这么巧的事……路遇美邻……都胡思乱想些什么呀！他摸摸自己的脸，有点烫。

她回头瞅瞅，好像故意放慢了脚步。辛知义见此情形，情不自禁地加快了步子，暗暗思量，分明是她在向自己暗示什么“意思”吧。哈哈，乘车的阴差阳错，好事竟在这里发生哪！暮色中，一个年轻女人的优美曲线若即若离、影影绰绰呈现在他的眼帘。

“大姐，别忙走哇。嘿嘿嘿！”

从昏黑的小巷深处，传出一个流里流气的声音。

“你们要干什么！”

女子的声音是恐慌的。辛知义心里一个激灵，停住脚，浓浓的夜色，遮挡着他的视线，更看不清楚了。

“别害怕，交个朋友吧！”一个沙哑的声调，好像一肚子的气急于往外冒，到了嗓子眼儿被一把卡住了。

“我……我不认识你们！”

“嘿嘿！一回生，二回熟，来吧！”

“我要喊人了！”

“你一张口，哥们儿就给你放血！……”

糟糕，她遇上了小流氓！咦，听她的声音好像有点耳熟？他极力打开记忆的闸门，左思右想：是亲朋、老师，还是学生、邻居？都不是。辛知义下意识地握紧了拳头，怎么办？四周无一行人，自己不去搭救，她就有危险了。一个如花似玉的女子，要是被这两个披着人皮的色狼玷污，这一辈子就全毁啦！她已危在旦夕，我得赶紧前去相助！

他拔腿要走，猛地觉得左腿肚子剧烈地疼痛起来，浑身瘫软，四肢无力，一步也挪不动，一种恐惧感向他袭来！啊，流氓都带有凶器，赤手空拳如何敌得过？救得了是好事，万一救不了呢？这时候，他想到了家中的爱妻，她是那么年轻，自己真有个三长两短，把她抛下了怎么办？要是被流氓再捅几刀……

呸！自己都胡想了些什么呀？“希望同学们德、智、体、美全面发展，争取将来做一个四化建设的有用之材！”他又想起以往对学生们讲过的话。哪能人前说一套，人后做一套呢，那样还能为人师表吗！辛知义真不敢相信那些龌龊的想法是从自己的脑袋瓜子里产生出来的。一个年轻的老师，路见不平，理当拔刀相助。躲开容易，后果是什么？就像战场上的逃兵！他鼓起了勇气：应该去救！……

“知义……亲爱的……”妻子卿卿我我，脉脉温情。想到新婚的妻子，他却有些退缩了……这时候，前面的女子不见了。怕是回到了家？他想。

辛知义也不知道自己是怎么爬上四楼，走回家的。他拉亮电灯，仰面倒在床上，望着床头墙上悬挂的镜框。那框子里嵌着他和妻子结婚时的彩照，虽然是一张放大的，他此时却看不清楚照片上的人影儿。脑袋嗡嗡作响，满屋里只有一株盛开的荷花在舞动，在旋转。荷花一忽儿变成那美丽的女子，一忽儿又变成他心爱的妻子，弄得他眼花缭乱，心绪不宁……

“哐当”一声，门被推开，跌跌撞撞走进一个人来，披肩黑发凌乱不堪，粉红的紧身上衣的领口被撕开，胸部被抓出一道道的血痕，淡绿的裙子被扯破，洁白的胳膊一块青一块紫……一株舞动的荷花，成了霜打的茄子！她像只受惊的小鸟，瘫倒在地：“救……救命……抓流氓……啊！啊……”

辛知义一个鲤鱼打挺跳下床，冲过去，拦腰抱住，把她紧紧地搂在怀里，惊恐万状，问：“你今天，不是厂、厂休吗？”

“我去美容……女子理发部……烫发回……巷子里……遇到……”她泣不成声，说不下去了。

“啊！我……”辛知义懊恼至极，原来心猿意马、神不守舍尾随半天的人竟是自己的新婚妻子！难怪觉得有些眼熟。他瞥一眼丢在床上的黑色小提包，包里装着明天在全校大会上的发言稿——《要做名副其实的人类灵魂工程师》，突然歇斯底里地吼道："上派出所……"可是，他一转念又在心里犯起了嘀咕：这是去报案，还是去投案？……

（原载《青年文学家》1985 年 1 期）

无字的墓碑

一

洗马畈的上空密布着乌云，越来越低，越来越暗了。在西边很远很远的地方，从地平线伸向天空，橙黄色的曲曲折折的闪电，金蛇似的扭动着。北边的山顶上有一片遮住太阳的乌云边缘上镶着闪亮的金边，天空映着淡淡的光亮。高高低低的山谷里呈现着阴沉的反光。不知道为什么，这种天气、这种情景使人觉得像是又回到了冬天，其实这刚刚是初春的季节。就是那畈上刚刚萌发的青草，也散发出一种无法形容的腐烂的死亡的气息。说不定，庆功大会开不完，就会下雨了。

最后一名走上领奖台的是团长郑大刀，当他接过一级战斗勋章时，会场立即爆发出一阵又一阵热烈的掌声。红松坡一仗，消灭了敌人两个旅，是该好好庆贺一番的！但是，上空笼罩着的一片一片的乌云，随着风快一阵慢一阵地向这边移动，缓缓地向会场上空聚过来。有人愁眉苦脸地说：

“快结束吧，要下雨了。”

“哎，郑团长这怕是最后一次领奖咯。好同志啊！”

“瞎编！上级哪能这么绝，那不是太无情无义了吗？”

“倘若真是瞎编出来的，倒是好事儿哪。”

“同志们！请大家静一静，”主持今天庆功大会的赵师长突然以压抑的声调说，“现在，我受上级指派，以刑庭审判长的身份，宣读一份判决书……”

会场上的战士们一下子就骚动、喧嚷起来了。赵师长咳嗽了一声，开始读道：

“郑大刀同志十三岁投身革命，身经百战，屡建战功。红松坡战斗中，他指挥部队，英勇杀敌，坚守住了阵地，为赢得整个战斗胜利又立了新功。有功就得奖赏。但是，他在这次战斗中，也犯下了不容赦免的大罪，根据党和军队的法令，处以极刑……”

人群中，立即爆发出一阵嗡嗡的激动声音。一阵像波浪冲击堤岸一般的哗哗声，一阵像狂风席卷树枝一般的议论声，盖住了赵师长的宣读声。

“不能枪毙他呀！”

“共产党一点儿情面都不讲吗？”

一阵抱怨的声音由低而高，在会场上滚动。

“在审判会上，当着郑大刀及广大指战员的面，宣读这一判决，目的是教育更多的人，都要以郑大刀为前车之鉴。宣判后，将郑大刀押赴红松坡，当着受害者家属和当地群众面处死……”

听完赵师长的宣判，郑大刀直立着身子，扭过头，对坐在他身后的陪审员悄悄地说了些话。陪审员点了点头。郑大刀默默地拽下了刚戴上的军功章，下了枪支，一齐交给了陪审员。这时候，郑大刀眼角上时常流露的愉快的光芒消失了，于是两只陌生的、闪烁着哀痛的冷光的眼睛被长长的睫毛微微遮住了。

谁能相信，庆功大会一下子变成了公审大会，罪犯却是连敌人听到他的名字都闻风丧胆的一员年轻的红军战将！这宣判真令人难以置信！不！怎么可能呢?!

“枪毙?”

“处死刑?”

“师长，你再重新看看那份宣判书，是不是念错了?”

“别叫嚷了，同志们……”陪审员非常惋惜地叹了一口气。然后把钢笔和判决书送到郑大刀手里，轻声说：“请签字吧。”

会场上一下变得鸦雀无声，连空气似乎也凝固了。每个人的目光都盯在郑大刀的身上，盯在那份判决书上。只见郑大刀整理了一下军装，两眼木然地盯着判决书。他用长满茧子、又粗又大的手捏住了一根黑管钢笔，颤颤巍巍地、竭尽全力地写下了三个字：“郑大刀”。

太意外了！这是在做梦吗？还是在做戏呢？

郑大刀沉默不语。可是，他那一双眼睛的神情显得非常悲戚，黯然无光地瞅着他所熟悉的每个战士的脸。大家肩挨肩地、安静地、严肃地坐在自己的位置上，连低声的议论都没有了，都在默默地等待着……

赵师长回过头来问道："郑大刀，你还有什么话要说吗？"

站在台子边上的郑大刀深深地吸了一口吹来的凉风，苍白的脸痉挛地搐动着，像是没有听到师长的问话，凄楚的混浊的目光，死死地盯着会场前边的战士们的脸，一动不动。直看得有的战士眼泪汩汩地涌了出来，大概这就是难忘的、最后的一瞥吧！从他的神态上可以看出，往常在弹雨横飞的战场上，当他想到生命要被夺去的时候，他并没有感觉到有什么痛苦。但是，这一回他却感觉到有一种莫名其妙的怨恨。半晌，他用颤抖的手解开军衣纽扣，敞开了白衬衣，指着从臂膀到腿部的伤疤，历数了许多次大大小小的战斗经过，然后向赵师长请求道：

"就是死，我希望死在与敌人作战的战场上，不死在自己的法场上。给我一挺机关枪，由执法队督阵，我要死到向敌人的冲杀中，倒在敌人的枪口下！……"

"你……大刀……"赵师长用手重重地拍了一下他的肩膀，摇了摇头，长叹了一口气，"判决书是改不了的，我也无能为力呀。"那神态既严厉，也充满了惋惜的感情。

"师长，不能处死团长呀！"猛然，从台下站起一个虎头虎脑的战士，声音哽咽着喊道，"要杀就杀我吧，师长！"

"李二狗同志！"师长皱起眉头，脸上流露出明显的恼怒，瞪了他一眼，"你是他的警卫员，就可以用感情代替法令吗？胡闹！"

这一下，会场上炸了营，呼啦站起了许多人，乱哄哄地喊叫：

"他不是故意杀死人的，不是的！"

"给郑团长一个戴罪立功的机会吧！"

"团长立过那么多大功，就一笔勾销了吗？"

"李二狗，"师长大吼一声，嘈杂的议论声才慢慢地静了下来，"执刑的任务就交给你了！"

"我？"

"你！"

李二狗持枪站在台下，吃惊地瞪大双眼："不，不，不！我不……"

"你是个战士吗？"

"是。"

赵师长脸上的肌肉在颤抖："服从命令！"

"是。"半晌，李二狗无力地答道。

郑大刀拧了拧宽宽的眉毛，没有表示出任何反抗、抵触、激动或消沉的情绪。但是，当他抬头重又看着台下的战友们，想到就要永别了，倏然间，仿佛觉得自己根本不是这个世界上的人，就不该来到这个世界上。两眼在一刹那闪烁着死亡的苦闷，就连自己在什么地方、现在是什么时候都弄不太清楚了。稍微镇定了一下情绪，转过身来，振臂呼喊着口号：

"中华民族解放万岁！"

"打倒国民党反动派！"

"中国共产党万岁！"

赵师长嘴角搐动着，两眼噙满了泪花，冲他点点头，然后端起两碗早已准备好的白酒，一碗递给郑大刀，一碗留给自己，痛楚地说：

“大刀同志！我代表全体战友，为你送行吧！”

“师长，我郑大刀对不起革命！”说着，郑大刀双手举起碗，面向会场，一仰脖子，咕咚咕咚地一饮而尽。

乌云遮着天空。泪水般的小雨，滴滴答答地飘落着。会场上，渐渐地从不同方向传来了低声的啜泣，它由少而多，由低而高，连成一片，海涛拍岸一般骤然响起，这是全团战友们竭力压抑着的痛苦暴发啊！

然后，赵师长像是对李二狗和郑大刀说，也像是说给所有的人听的：“途中，你们要翻山越岭，甚至同敌人遭遇上，所以行期不定。当然红松坡那儿在等着要人，你们还是尽快赶到的好……”

“是！”李二狗停了一下，问，“要是途中被敌人打死了呢？”

“那也算你们光荣了！”

“师长，你就不怕我途中逃跑吗？”郑大刀郑重地说道。

赵师长翕动着嘴唇，想说什么，但什么也没有说。只是把手挥了一挥，万般痛楚而又恋恋不舍地说道：“你们，走吧！”

在全团战士们一片哭泣声中，郑大刀在李二狗的监押下，踏上了一条死亡的路。当他从一株像死人脸一样苍白的小白杨前面走过的时候，他突然停住了脚步，折下了一根小树枝儿。枝上的鹅黄色的芽苞充满了初春的甜汁，它象征着经过了严冬后，在太阳光的照射下而复苏的顽强的生命力……他揪下一粒嫩芽放进嘴里嚼着，味儿是苦涩的。

这儿到红松坡，要翻三座连绵的山，穿过许多茂密的森林，还要蹚过随时可能遇到的刚刚解冻的冰河。现在，李二狗和郑大刀二人，正艰难地跋涉在青龙山中。

春天的阳光，已经融化了山上的雪。山坡上披着浓密的树木，有白桦、针叶松和各种各样的乔木。山下有一条深深的小河，沿着弯弯曲曲的山坡伸向远方，绕着巍峨的青龙山湍急地流。河的沿岸生长着一行一行的水曲柳，随风摇摆，既鲜艳，又苍翠。河的水面闪烁着刺目的银光。湛蓝的天空有几片云影倒映在水面中，使天地间显得那么遥远，又那么相近。山坡上的落叶积了厚厚的一层，两只脚踏在上面便会发出“扑哧扑哧”的响声。

突然，一只花翎鸟振翅飞翔，在他俩的头顶上盘旋了一阵，然后拍打着翅膀，画了一个大圈飞走了。郑大刀歪着脑袋目不转睛地看着这只鸟飞去，心里想：它真自由啊！

走在后头的李二狗，脱掉帽子，解开衣领，袖子卷到胳膊肘上方，枪挂在胸前，方觉得轻松一些。他拽着一株紫藤攀上垂直的悬崖，喘了口气，对远远地走在前面的郑大刀喊道：“团长，等一等，咱们歇会儿再走吧。”

“从现在开始，不许你再叫我团长。”郑大刀一手扶着松枝，一手抹了一把额上的汗珠，态度严肃地看着李二狗说，像是在下命令。

“怎么呢？”

“我是一个罪犯。”

“不！你还是我的团长，我的救命恩人。”眼泪和汗水一起顺着李二狗那黝黑的脸庞流了下来，“我爹妈都叫国民党杀害了，要不是你从刀下救了我，俺李家就全完了！你的大恩大德我还没有报，可师长叫我来……”

“二狗，别难过。那都是过去的事了，还提它干什么！你现在也是执行革命任务啊。”

“知恩不报非君子！”

“日后，等到胜利了，你每年清明节能朝我坟上添把土，我就知足了。”

他俩挨肩坐在一块潮湿的岩石上。山风在丛林间拂荡着绿叶，夕阳的霞辉在山腰上，渐渐爬上山顶。

“二狗，到时候，你要抛开我们的旧情，咬着牙，手别抖，瞄准我的脑瓜扣扳机，让我死得痛快些，啊！”

“团长！”他涨红了脸，尖声嚷道，“天哪！你别说这种话了，还不如让我去先死呢！”

“傻小子，你死？你以为你死了就能让我活着回去吗？”郑大刀摇了摇他的肩头。说着，他叹了口气，仰面躺在一块长有绿苔的山石上，看着西天的落日。他拽了一片枯黄的茅草放进嘴里咀嚼着，两手枕在脑后，凝神沉思。

二狗凝视着山下的河水。他的眼睛被夕阳照得发红，泪花在眶子里打转，屈起两只膝盖，用手抱着坐在他的身旁，一面呆呆地看着他，冷不丁气愤地说道：“早知道有今天，何必当这个兵，在哪里不能混碗饭吃！”

“混蛋！”郑大刀一骨碌翻身坐起，“当红军，为穷人打天下，有错吗？你不当红军，去当白军、灰狗子吗？扯淡！”

“那也不能犯了法，就不顾人家过去出生入死的功劳呀。”二狗脖子一梗，不服地瞥了对方一眼。

“这个……”郑大刀嘴上劝二狗，心里想得最多的也正是这个问题。

二

“砰！砰！”树林深处传来两声枪响。

“有情况！”李二狗警觉地握紧枪，闪身趴到了崖石后面。

“隐蔽！”郑大刀手里没有枪，只好拽过二狗背后的那把大砍刀，一伸胳膊拉着他机警地钻进了林子里。

几分钟的工夫，从不远处听到有人嘈杂的呐喊声：

“抓住她！别叫她跑了！”

“要活的，咱弟兄不能白白死在一个女伢儿手里。”

“快，快追！”

好像是一帮子土匪在追一个女人。李二狗破口大骂道：“这些恶棍，都不是他妈人养的！”

郑大刀一直是在目不转睛地注视着前面的树林，看有没有什么动静。一株挂满了枯草的马尾松在他眼前摇曳不停，妨碍了他的视线。他挪了下身子，突然从纠集在一起的灌木丛后面，清晰地露出了一个飞快跑动的身影。这影子不停地扩大，越来越近……

“姑娘快过来！”郑大刀等她走到跟前，蓦地从草丛探出头来喊道。

姑娘一愣神，手里握着一把带血的柴刀，怒气冲冲地看了他们一眼，举起刀，摆开了一个砍杀的架势。

“别误会，我们是好人。”李二狗赶紧向她解释。

不容分说，郑大刀一伸手把姑娘拽到自己的身后：“快蹲下！”

“土匪在追我，快，快跑吧！”姑娘上气不接下气地说。

五六个土匪大模大样地拨拉着树丛，径直朝这边追过来，在他们的前面，一个肥头大耳、满脸络腮胡子的家伙跑得最快。他边跑边转过半边身子，像是在下达命令。另外几个加快了步子，反而跑到了他的前面。

“来，咱俩换个家伙。”郑大刀接过二狗的枪，瞄准那个“络腮胡子”的脑瓜，屏住呼吸，放了一枪，可是，那家伙并没有倒下去，嘴里骂骂咧咧地继续前进，好像什么事也不曾发生过。郑大刀对这个亡命之徒感到吃惊，又放了两枪，那个家伙好像刀枪不入，仍旧晃晃悠悠地跟在别的土匪后边喊叫着朝前走。

姑娘气喘吁吁地说：“他们好像……喝醉了。”

“哦，这帮杂种！”郑大刀恍然大悟。同时，他也发觉打出去的子弹都被树干挡住了。“哼，等他们走近些！我要把他们一个一个都送去见阎王爷！”

“团长，你们快些走，让我来对付这几个混蛋！”二狗说着就来夺枪。

“少啰唆，你俩往后撤！”郑大刀说话间压好了子弹，“砰！砰！砰！”三枪撂倒了那个“络腮胡子”和两个土匪。其余三个终于清醒了过来，一边还枪，一边向后逃窜了。

不料，郑大刀刚打崖石后站起身，一颗流弹射穿了他的右腿根部，鲜血涌了出来。他只觉得右腿一阵发麻，踉跄了几步俯身倒在了石头上。他真埋怨这颗子弹为什么不长眼，要是再高点儿射进胸膛，再高点儿打碎脑瓜，不就万事大吉了吗！可它偏偏钻进了腿里，死不了活受着，还要走那么远的路。

“血！你受伤了！”姑娘眼泪汪汪地喊道，走来搀扶他。

“不要紧，擦破点儿皮。”郑大刀挣脱了身子，靠在李二狗身上，摇摇晃晃地让他扶着走。

“你这样走不了路呀！”姑娘忙拦住道，“到我家去吧，养好伤再走。”

李二狗两眼一亮，问道：“你家在哪里？”

姑娘用手指了指山坳那边一片树林子，说：“就在那里。”

“走吧，你带路。”二狗对着姑娘说。随后撕下半截衣袖，给郑大刀包扎好。

“不行！”郑大刀猛然产生一种懵懵懂懂的念头，“我——能——坚持。姑娘，谢谢你的好心，我们还有任务，得抓紧时间赶路。”说着抬腿赶路，左脚踏空，摔倒在潮湿的草地上。他此刻觉得自己非常沮丧，非常痛苦，仿佛就要在此永远长眠了，他嘴上说能坚持，但已经感到连站立起来的力气都没有了。

“现在，你要听我的。”李二狗强行背起他，跟着姑娘吃力地朝山坳那边走去。

走累了，他们就坐下歇歇腿，一边闲聊。这会儿才弄清楚，姑娘名字叫翠玉，阿爸被抓了壮丁，阿妈逃难时被日本鬼子的机枪打死了。她跟着阿爹在一个头人家里当奴隶，后来就逃到这山里住下了。今天，她和阿爹一道上山采草药，遇上了几个喝醉酒的土匪，他们想侮辱姑娘，阿爹上前拦阻，被土匪抬着四肢抛进河里。倔强的姑娘挥起柴刀，手起刀落，劈死了一个匪徒，他们就拼命地追了过来。

“啊，你真厉害！”李二狗听了，脱口叫道，“你为什么要和阿爹逃到山里来呢？”

这一问，姑娘的脸红了，低着头喃喃地说：“不知道。”

郑大刀脸色苍白，虽然自身感到很痛苦，但他却对翠玉产生了钦佩之情和怜悯之心，叹了口气，安慰道：“为了亲眼看到这帮坏蛋被消灭，翠玉，你要坚强地活下去。”

“砍死一个，刚够本。我还要等着赚他几个哩！”翠玉两眼冒着火星，“我现在是不会去死的！”

大约又走了一个小时，三个人终于走到了翠玉家。山坡上，树林深处，两间茅屋在夜色中显得阴森森、黑沉沉的。屋子里除了几件山木和竹子编织的家什，零乱地摆放在角落里，再就是一捆捆晒干的和没有晒干的草药，一股股浓烈的气味直往鼻子里钻。

翠玉顾不上说话，抓了一把可以用来消炎的药草，用刀剁碎，煮水为郑大刀的伤口消炎、包扎。忙完，又生火做饭。吃饭时，翠玉背着灯光，郑大刀可以从她端着碗的胳膊弯里见到灯光映照着的面部的轮廓，心里想道：“她多美啊！”她黑色的头发梳起两条长长的辫儿，刘海凌乱地遮住了她宽阔的额头。脸蛋儿圆圆的，从薄薄的双唇间，露出一排整齐的洁白的牙齿。眉毛细细的淡淡的，睫毛长长的黑黑的。那两只黑白分明的眼睛水灵灵的，似乎刚刚睁开。她转身搛菜时，无意间发现他两只大眼睛一动不动正瞧着自己，不由脸上一阵发烧。脸颊嫣红，灯光下显得更好看了。“饭菜不好，可要吃饱。”她有些害羞，声音又柔和又清脆。

“好！吃，二狗。”

“吃。啊！真把我饿坏了。”

“翠玉，你跟阿爹在这儿多久了？”大刀问。

“五年了。”

“没遇到土匪来捣乱过？像今天这样？”

“没有。”

“住在这深山老林里，不害怕吗？”

翠玉倔强地回答：“又不是小孩子，怕什么呀。”

“哟，口气倒不小。”李二狗打个饱嗝，放下碗，突然插话，“你多大了？”

“我——十九。”

“哟！妹妹。比我们团长小八岁，比我还小——一岁哩。”

翠玉看看大刀，钦羡而好奇地问道：“当团长，一定打过许多仗，杀死过好多敌人吧？”

“打过，也杀过。”

“我们团长啊，身上的刀疤不算，光叫鬼子、汉奸、国民党的枪子就穿了九个洞。哦，加上今天土匪打的，整十个了。”

“别给我瞎吹!”郑大刀用筷子敲了下他的脑袋说。

“本来就是嘛。”

郑大刀凄然一笑:“第十一个洞就拜托你啦。”

忽然间,李二狗垂下了头,两手摩挲着膝盖,用嘶哑的声音喊道:“我不干,就是把我枪毙我也不干!”

翠玉诧异起来:“什么事?到底什么事?”

郑大刀微笑着,轻轻地说:“没有什么事,我们在说笑话。”

“不是笑话!”李二狗刚想把事情说给翠玉听,但是话到嘴边又打了个顿,咽进了肚里,忙改口说,“噢,是说着玩的。”

三

屋外有一片嗥叫声,好像是一群寻食的饿狼,声音渐渐远去。山风一阵又一阵地吹来,刮得树枝沙沙作响。郑大刀拄着拐杖,走出草屋。他想到篱笆外的山上走一走,在上坡时,差点儿跌倒。他扶着一棵桦树站着,忍受着阵阵疼痛,暗自思量:对以后的日子来说,这种处境比掉队、当逃兵都可怕。他皱着两道眉,眺望着浓黛的夜色,陷入了绝望之中。他想到过死,那是死在战场上,悲壮、英勇,为后人悼念,可偏偏没有死;现在,却要死在自己同志的枪口下,这是在做梦吗?

不知不觉,他走到一个陡峭的悬崖旁,远看暮色苍茫,低望无底深渊。他在峭崖上坐下，任凭春夜的凉风吹来，强忍住满腔愤怒。面对现实，思虑日后，忧心忡忡，一切听其自然吧。他的双眉紧锁着，两只黑色的眼睛里隐匿着忧郁的光。被山风吹起的枯草，慢慢地飘向山谷，一直落到看不见的地方。郑大刀双手抱着头，苦苦地沉思着。他回忆短暂的一生，从童年到现在，一幕一幕在他眼前闪过。二十七年过去了，他过得怎么样？认真反省，他自认没有虚度此生。在炮火连天的战场上，他没有掉过队，更没有当过逃兵。可以说是在与敌人激烈的殊死搏斗中成长起来的；由一个无知的孩子，锻炼成为一个年轻的指挥员。在那面火红的战旗上，也有他流过的热血！

现在，他彻底完了，即将结束宝贵的、年轻的生命。要苟延残喘地活下去，挣扎着活几天，等到腿上的枪伤好了，还是得去送死，现在有什么活头呢？到了红松坡，被枪毙后，暴尸荒野，狼吞鹰叼，那是一种什么样的惨状啊！倒不如抹了脖子，就彻底完事了！在这儿死，二狗和翠玉肯定会给挖个坑垒座坟的。他伸手从背后抽出翠玉砍死土匪的那把柴刀，解开衣领，把锋利的刀刃对准了脖子。

“大刀哥！你这是做什么呀？做什么呀！”翠玉大喊着奔过来，从他手里夺过柴刀。她是见郑大刀离开许久没有回屋，很担心，就摸黑找到了这里。姑娘气愤地把柴刀掷向了山崖下，猛然捂着脸呜呜地哭了起来：“你想过吗，有哪些人像你这样去死的！你算什么团长！”

长这么大，他还没被谁这样挖苦过。郑大刀手足无措，脸上火辣辣地直发烧。稍停片刻，他压低了声音，犹如一个犯了错误的孩子，吞吞吐吐地说道：

“像我这样的人，真不值得再这么活着，倒不如死了的好……”

“这点儿疼痛，就忍受不了了吗?”翠玉噘起嘴巴，“不要怕，我保证能拿草药治好你的伤!”

山风失去了威势，无声无息了。山上的林子里偶尔传来几声夜莺的啁啾。夜很深，也很静。他们摸摸索索回到了屋里。

他感到春夜的凉意阵阵袭来，这才和衣躺下。他原以为很累，躺下就能入睡，可是，周身发热，腿上的伤口在隐隐作痛，心也怦怦直跳。一闭上眼，就觉得翠玉的姿容在面前晃动，又看到翠玉在耻笑他。他一动不动呆呆地向她望着，怀着捉摸不定的胆怯心情，既害怕又希望她坐在面前，永远不离开。他带有几分感激的心情暗想，要不是她赶来阻拦，他现在已经血溅山崖，一命归天了。

很晚，他才入睡，梦幻却接连不断地追逐着他。梦中他跪在一座新坟前，周围站着好多好多的群众来看他是怎样赎罪被枪决的。他往下跪的瞬间，恍惚感到两只手臂紧紧地拥抱着她，慢慢地他们沉入了温暖、深沉、痛苦、悲怆的洪流之中。“你这个家伙，死到临头还要坑害一个无辜姑娘，多给他几枪!”人群中一个老人喊了起来。

“不!我不认识你!”他突然松开手竭力反抗，想把她推开，可她紧紧地抱着不放。她终于被二狗拉开，枪从脑后响了……

他一直沉睡到天亮。早晨的山中，云雾蒸腾。不一会儿，太阳升起来了，照着屋外的树枝和藤蔓，充满了柔情，这正是早春季节。他揉揉惺忪的两眼，想清醒清醒。屋子里静极了，二狗和翠玉都出去了。他翻身下床，一拐一拐地出了屋。啊，这里充满了生机。绿色的树木，绿色的小草，主人的茅屋四周的篱笆上爬满了青藤。空气中弥漫着浓郁、醉人的各种绿叶和野花、野草的芳香，令人心旷神怡。

“你怎么下床了，快回屋躺着。”翠玉从山上扛回一大捆柴草。二狗也扛着一捆跟在后边。

想起昨天晚上的情景，大刀觉得羞愧难言，一种既甜蜜又不安的情感向他心头袭来。当他正眼看到翠玉调皮的微笑和充满关怀的眼神时，突然觉得她好像变了，变得陌生了还是亲近了呢？他也说不清楚。但他还是笨拙地微微露出笑容，装得没事一样：“噢，下地走动走动，恢复得也许快些。”说这话时，他的心跳得那么激烈，呼吸也急促起来。

他们一块儿进了屋。早饭比较简单，一盘炒春笋，一碗蘑菇雀蛋汤，都是春天山里的野味。郑大刀斜靠在木椅上，卷了一支烟，叼在嘴唇边。他看到翠玉在收拾碗碟时两只灼热的眼睛正偷偷地盯着自己。他深深地吸了一口烟，指头插进寸发里搔痒，同时也在欣赏和揣摸着姑娘纯真的心灵和丰富的感情。他端详着翠玉的脸儿，好像见了山里的一朵鲜花。她察觉到了一点儿，微微地一怔，低着头出去了，像一朵洁白的云，轻盈飘逸。

门外的柴垛旁，二狗拿着斧头在劈柴，这些事他不干就得由翠玉去做。翠玉从二狗手里夺下斧头，说：“二狗哥，歇着吧。”

“我没事呀，怪闲得慌。”

“那就去陪大刀哥说说话呗。”

“啊哟！”郑大刀乜斜着眼，心想，“她怎么都一样称‘哥’呢？嗨！我这是想到哪里去了！”他有些心慌意乱，“莫非我真爱上了她吗？不！一个被判了刑的罪犯，怎能做出这种缺德事呢！”

从那时起，他几乎不再多说话了，时时处处尽量避开姑娘的目光。但是，只要听到翠玉的说话声、脚步声，或者翠玉从身边走过，他总要怀着一种不可名状的快活和内疚混杂在一起的心情盯住她。每当这时，他心中的防线就被冲破了，一片充满了绿色的世界又展现在面前。他说不上来，这种感觉是痛苦多于快乐，还是快乐多于痛苦。

当他感情的潮水稍微平静一些，他就被痛苦折磨得更加痛苦。他想到自己很年轻，生活是狂风暴雨中的一叶小舟，在宁静的清晨，自己将要粉身碎骨，怎么能将另一个人也推进生活的无底深渊呢？

“不！”他想，“我也是一个人，一个有血有肉的人。自从参加革命，十几年来，行军打仗，脑袋拴在裤腰带上，还没有时间去爱过一个女人。”

这时，郑大刀面对蓝色的夜空凝思：“我出身贫寒。我爬过雪山，走过草地；杀过敌人，也被敌人伤过；立过战功，当过英雄。今后还会有什么呢？就这样去死了吗？”不，像这样死，他觉得实在有些遗憾。

眼下他明白自己是爱上了这位翠玉姑娘。当翠玉端着盆来给他清洗伤口敷药时，他怀着一种异样的心情坐在那儿，觉得周围也变了样。翠玉不顾危险上山为他采药，煎熬；在清洗伤口、上药包扎时，动作是那么轻巧、柔和，又是那么细心。他是怀着一种温情脉脉的情绪望着这一切，想着这一切的……

四

实在躺不住了，他就下了床，一步一拐地走到门外。篱笆外的山坡上绿草茵茵，有的山花正在盛开，也有的含苞待放，在阳光的照射下散发着馥郁的幽香。他四处眺望，总也看不够。

春天的山野生趣盎然。鸟儿鸣，兔儿跳，鹅黄的嫩芽，尖尖的竹笋，伞状的春菇，都长出来了。郑大刀观察着那些新长出来的东西，如痴如醉。他站在那儿纹丝不动。说不上到底是为什么，这两天他脑子里突然产生了一种怪念头，觉得二狗在这里是多余的人，他应该返回部队去，前方在打仗，多一个人就多一份打击敌人的力量。现在，二狗挎着篮子上山捡蘑菇去了，他倒觉得清静些。他急切地、惊慌失措地扭过身，朝篱笆旁的菜地里看去，目光一下子落在翠玉姑娘的身上。那红润的脸，黑亮有神的眼睛，淡淡的长长的睫毛，长长的发辫，这一切使他心神激荡。

这两天，翠玉常常站在他面前问长问短：“伤口还疼吗？要不要喝水呀？想吃什么山味就说一声……”他总是嗫嚅着回答："好多了，不疼，多亏了你的服侍；不渴，想喝我自己动手，看把你累的；山味已经吃了不少，谢谢你！"每次换药，他强忍住痛从不哼一声。倒是姑娘不住地轻轻地咋舌，要不就眉头一皱，"哎哟"一声，表露出同情的神态。

正当他凝思遐想的时候，翠玉提着菜篮子向这边走来。他迎上去嗔怪道："得了春雨，菜正一天一个样，瞧你又拔了这么多。"

她抿着嘴唇，笑盈盈地反问道："鲜嫩的时候舍不得吃，非等到老了吃吗？"

"噢，我又说了外行话，叫你笑话了。"

"哪个笑话你呀！"

他们一起笑了。

"这几天，把你给累瘦了。"他说得很诚恳。

她皱了皱眉头："哪个想听你这些话！"她一只手捏住辫梢，放进嘴里咬着，勾着头盯着绣花鞋上的那朵迎春花。静默了一会儿，她歪着头，抬起眼皮，用两只山泉般清澈的眼睛瞅了瞅他，柔声细语地问："大刀哥，你家里……"

他猜出她的心思，没等她问下去，爽朗地回答："除了老母亲，什么牵挂也没了。爸爸是被敌人的军队杀死的，那时我刚满七岁。我躲在草堆里亲眼看到，全村的男人都被反绑着，排成一长排，靠在墙上，机枪吼叫着，我爸爸最后一个倒下去。"说到这里，他的眼睛里像有两团火在燃烧，"这个仇我终于报了！有一回，我抓住了他们的一个官儿，用缴获他们的机关枪朝他身上射了三梭子弹。"

“打得好！恶有恶报！”姑娘情不自禁地喝彩。

“好什么呀，嘿嘿，为这事，我受了个处分哩。从连长降为士兵，我又从头干起。”他搔着后脑勺，显得有些局促。

“为什么？杀死坏人，还受处分？”

“红军有令，不准虐待俘虏，更不能随便枪杀。嘿嘿，我犯了章法呢。”

“这章法，也得改一改吧？”

“改，怎么改？”

“要改得对好人有利。”

“瞧你说的。没有这样的章法，就不能分化瓦解敌人，就不能争取敌军官兵投降到我们这一边来。”

“哦，我懂了。”她思忖片刻，问，“那你等到打完仗，还想回家吗？”

“想，真想！”停了一下，他又摇摇头，叹息道，“可是，永远也回不去了。”声音突然变得有些凄凉、惆怅。

“为什么？”翠玉惊讶地望着他，问道。

他那一张悲哀的脸上转而露出了难堪的笑容：“也许会死在战场上啊……”

“别，我不让你说这种话！”翠玉急得直跺脚，“大刀哥，你腿伤好一些了吗？”

他摸着自己的腿说：“我受过好多次伤，好像哪一次也没有这回好得快。”

“真的？”

“真的。你采的药敷了，真灵验哩。”

“我白天晚上都盼你快快好起来，好得跟没受过伤一样。”

郑大刀笑了起来：“借你的吉言，一定会很快好的。说真的，我倒不想它好得太快哩！”

“那，为什么？”

“不知道。你忙你的去吧。”

他猛一转身，大概站得太久，或是动作过猛，僵硬、疼痛的左腿一晃，差点坐了下来。翠玉丢下菜篮，跨上前，握住了他那粗壮有力的大手。他倏然间感觉到姑娘的手是粗糙的、厚实的、温暖的，一个青春勃发、从未和年轻姑娘正面说过话的青年男人瞬间产生了一阵强烈的感情冲动。他真想搂住她亲一亲，却控制住了，暗暗告诫自己：不行！不能玷污了姑娘纯洁的心！他的理智征服了感情的冲动。

她紧挨在大刀的身边，让他扶着她的肩头。但他没有扶她的肩头，而是拿起靠在篱笆上的一根断木棍，作为拐杖，缓缓地向屋里走去。

她抬起头来，满脸通红，深深地吸了一口气，迟疑了一下，终于鼓起勇气，跟在他的身后一道进了小茅屋。

“大刀哥，我有句话，要对你说。”

“噢，说吧，我听着。”

沉默。

“什么话？”

“伤好了，你就……就别走了，住在山里吧！”她说完这话，闭上眼睛，又睁开，偷偷斜看郑大刀。

“我？”他没有回答，脸上流露出一种隐秘的痛楚，

“让我……好好想想。”

“啊！没想到！”李二狗站在篱笆外，把刚才的情景全看清了，也把他俩说的话听得明明白白。刚才，他提着竹篮子，嘴里跟翠玉和郑大刀讲去捡蘑菇，其实他压根儿就没有上林子里去，而是躲进了篱笆外的灌木丛里监视着这里。这两天，他多少看出了一点儿蹊跷，翠玉和郑大刀在一起说话，总有些不自然，不是过于冷淡，就是过于热情，有时好像还眉来眼去的。好家伙，郑大刀啊郑大刀！想当初他当团长，给战士们训话，一口一个“要严格遵守三大纪律八项注意”，特别强调任何时候都不许调戏妇女，“简单说吧，洗澡、撒尿都要避女人”。正人君子！他倒好，就差点没搂着翠玉睡觉了！哼！他还算什么英雄！他一伸手，把眼前一根大拇指粗的树枝“啪”的一声撅断了。有一件事情他总算明白了：郑大刀总是借口伤痛，迟迟不愿动身朝红松坡去，原来他不光迷上了女人，他也怕死哩！当这个结论在他脑子里出现，二狗又摇摇头，自我否定了。自己不就是他冒着生命危险救出来的吗？

天色全黑下来了。天空飘洒着连绵不断的凉丝丝的小雨。营长郑大刀奉命率领一个连的战士，化装成便衣，全副武装，接近敌人的封锁线，越过封锁沟，翻过封锁墙，捕捉敌人的巡逻哨，然后潜入敌占区，向群众做宣传，揭露敌伪罪行，宣传共产党、八路军的抗日主张，提高抗战必胜的信心，破坏敌人的清剿、征粮、征税计划，瓦解敌伪政权，争取其下属人员同情抗日。战士们的身上被雨淋湿了，都有些发冷。每人手里握着长短枪，绕过一带小山坡，穿过一片洼地，又弯弯曲曲地往山岗上爬去，前面的镇子里驻扎着一个大队的伪军。远离镇子的敌人的哨兵在山顶上忽隐忽现。他们已经从特务队得到情报，所以更加紧了防范，这使战士们的行动显得格外紧张。

距离镇子还有五六里地，双方突然就接上了火。敌人倚仗围寨战壕扼守，阻止了八路军的攻击。连续不断的密集的枪声噼噼啪啪地响着，震动着大地，火光冲向夜空，在许多地方燃烧着、飘颤着。

机枪、步枪疯狂地扫射着，偶尔夹杂着敌人炮弹的震耳的爆炸声。进攻的队伍散开了，翻滚着向前爬啊、爬啊……

“持枪，跑步前进！”郑大刀趁着敌人枪声稀疏的间隙跳了起来，喊叫着冲进一块麦地，率领便衣连突入敌阵，同敌人短兵相接，展开了肉搏战。

便衣连大都是新战士，但是打得非常勇猛。在强敌的压迫下，同敌人拼刺刀，有的战士身上背着几条枪，拼累了把身上的枪放下，再上去。为了避免与敌人打消耗战，郑大刀命令道：“撤出战斗！”

不料，在撤离时，一个小战士腿部负了伤，黑夜中掉了队，被敌人捉住，当场审问了他：

“你叫什么名字？”

“李二狗。”

“你们是哪一部分？”

“八路军豫中支队。”

“有多少人?”

“可多啦，有好几千。”

“到底是多少?”

“我是一个小兵拉子，不知道具体人数。”

“你是哪一个连的?”

“二连。”

“你们这一连人，怎么这样凶?”

“嘿嘿！我们是新兵连，老兵连比我们还凶得多，他们今晚没来。”

“来了又怎么样?”

“你们都要完蛋。”

“砍了他！妈拉巴子!”

“来吧，怕死不当八路军，砍吧!”

一个膀宽腰圆的家伙嗖地举起了马刀……

“叭！叭叭!”敌人还没有反应过来，在一阵枪声中跳出三个八路军战士，把李二狗背走了。回到连队，二狗才看清了，正是郑营长带着两名战士，从敌人的屠刀下救了自己的命。

后来，他就跟他当警卫员，鞍前马后跟他转，他最了解自己的首长，在哪一次战斗中，他贪过生？没有。可是，人都在变的，坏人可以改造好，好人就不会转变坏吗？现实是最好的见证人，过去的郑营长和现在的郑团长，不像是同一个人了。他要真干出见不得人的勾当，我就……想到这里，二狗紧紧地握了握身上的枪……

五

接着十来天中，郑大刀常在小茅屋周围走动，到近处山坡上转转，试试他的腿伤到底恢复得怎么样了。走得太急，用力过猛还有点儿隐隐作痛，攀悬崖峭壁也不够灵便。不过，再这样休养一段时间，就会完全好了。他快活极了。欣赏着那一朵朵金黄色的迎春花背衬着蓝天，在阳光里灿灿夺目；欣赏那刚刚绽开的洁白的野梨花，引来一只只可爱的蜜蜂；欣赏那苍松、翠柏、云杉，被山风刮得垂下腰来。风吹着灌木丛上面的绿叶沙沙地响，吹着青青的草被翻卷着波浪。要不，他就躺在山坡的草地上，看着那野生的紫丁香，站立在枯枝败叶中，扯来一根根藤蔓编织花环。听着杜鹃啼归、啄木鸟鸣叫、林子里的百灵鸟委婉地歌唱。大自然如此富于生气，置身于妩媚春光中的人们，谁会不留恋着生呢？死不属于这样的春天。郑大刀才二十七岁，正经历着这样的生命的春天。白天，他几乎不愿待在小茅屋里，总是欣赏不够这春景。到了晚上，躺在床上辗转反侧，抽着烟卷，回想白天的一幕幕。有时彻夜难眠，一种强烈的求生欲望时时在胸膛里冲撞：逃跑！中国偌大的地方，哪儿不能藏起个把人？这时，总有一双温暖的手抚摸着他，那两只水汪汪的黑眼睛老在盯着他。溪流般潺潺流淌的话语在他的耳畔回响，这使他又没有了主张，又为自己有这种想法一阵阵心慌、一阵阵脸红。怎么能像这样离开翠玉呢？那还算个有血性的男子汉吗！

这一天的傍晚，郑大刀正坐在茅屋后边的山坡上，听树林里画眉鸟儿歌唱，心里盘算着下一步该怎么办。忽然，他背后响起了熟悉的脚步声，回头见翠玉身背一竹篓新采的草药，欢欢喜喜地从树林间跑来，两条粗黑的发辫搭在曲线分明的胸前，脸庞汗津津、红润润的。

她走到他的身旁，停了步，卸下竹篓，撩起衣襟擦了把脸上的汗，两个人你看着我，我看着你，没有讲什么话。谁也没有注意到在他们背后一箭之地的灌木丛里，正躲着一个持枪的人。

是李二狗，他已经在这里隐蔽多时。他是在监视郑大刀。自打上一次在篱笆外看到郑大刀和翠玉那种亲热劲儿，听到他俩说的亲热话儿以后，他对郑大刀的印象就有些改变了。他认为郑大刀思想肮脏，贪生好色，没有什么值得自己尊敬的。特别是这几天，他白天黑夜地监视着郑大刀的行踪，越来越明显地看出了问题：郑大刀经常以锻炼身体、散步捡山货为名，实际上是在寻找机会逃跑。他暗暗地想，你要真的逃走，别怪我翻脸不认人，瞄准你的脑袋开枪。红军战士，说到做到。他从灌木丛中猛地站了起来，大步地向他们走去。这时，翠玉才看到他，觉得怪不好意思的，站在那里，一动不动，紧咬着嘴唇，秀美的刘海盖着前额，两只眼睛瞅着他，吞吞吐吐地说：

“二狗哥，帮我回去做晚饭吧。”

“对不起，我还有……噢，好吧，”他情绪纷乱地回答，又说，“那，老郑也和我们一起回屋吧？”

“走吧。”郑大刀一转身，乜斜着眼睛瞥了瞥他，接着吸了口气，掉头就走了。

其实，他躲在灌木丛中，郑大刀已经发现了。对他明里暗里的监视，他也早有觉察。刚开始，他只是感到可笑，慢慢地产生了恼怒的情绪。这小子，居然叫起我“老郑”来了！“知恩不报非君子”，躲躲闪闪地用黑洞洞的枪口瞄准我、监视我，就这样报恩的吗？岂有此理！郑大刀两只脚踏在松软的草地上，边走边倦容满面地想着心事。他眼睛瞧着脚下，竭力想驱走重新回到头脑里来的那种念头：死，还是生？死，不应该属于我！就是死，我为什么不死在战场上！我是一个红小兵，同敌人打了十几年仗，今天自己反倒成了敌人，这是不公平的！生，更不属于我，尽管我非常渴望生，因为我是一个被判了死刑的人。要想在死亡中求得生存，只有杀死李二狗，给他制造一个途中遇敌牺牲的假象，然后我就逃跑，隐姓埋名，还有翠玉，带着她从此与世隔绝。

他走在前面，回头看了看，正好看到了李二狗那张熟悉的变得瘦了黑了的脸，那一双火热的忠厚的目光，嘴唇便不由得战栗了一下，喉头感到一阵阵抽搐。他慌忙扭过头，呆呆地看着远处朦胧的山，看着蓝蓝的天上那几片火烧云，看着山坡上路两边的青草无力地蜷伏着，山洼里死气沉沉地泛着夕阳投射来的暗淡的光。褐色的动荡不定的暮霭，笼罩着远处的山峦，一切都是如此凄凉，好像纠缠不清的噩梦在眼前晃动。郑大刀揉了揉眼睛，蓦然看到路边几朵迎春花蔓上，有一只癞蛤蟆趴在上面。美与丑，形成了鲜明的对照，真是对美的亵渎！此刻，他竭力用意志来驱除这些杂乱的思绪，什么也不想，连腿上的隐痛也忘掉了。

吃晚饭的时候，李二狗默默无语，一边吃饭，一边叹气。饭后，他又皱着眉头，一声不响地走出屋，在门口的石墩上坐下发愣，强压下心里隐藏着的许多痛苦。

“你怎么啦，我做的饭不好吃？”翠玉追到门口问。

“我不知道。”李二狗头也没回，冷冰冰地回答。

“他有心事，别打扰他，让他一个人坐着好好想想吧。”郑大刀也走过来，半是认真半是玩笑地说。

“我是在想，”李二狗站起来，看了翠玉和郑大刀一眼，抿了抿嘴唇，不满地提醒道，“在想你的腿要是好了的话，我们应该上路了吧？”

“上路？去哪儿？”翠玉带着几分诧异地问。

“那还用问，红……”

“你、你疯啦？没看见他的腿伤还没好吗？”翠玉发起火来脸色煞白，打断了二狗的话，一对黑亮晶莹的眼睛直视着李二狗，两条淡淡的细细的眉毛严厉地皱拢起来，“这些天给你吃给你住，原来你是这种没良心的人！”

二狗歉意地看着她，脸上一阵红一阵白，用喑哑的、抽抽噎噎的哽咽声咕哝道：“我们在执行任务，有什么办法呢？”

“你……”郑大刀嘴唇哆嗦着，没有说出话来，一个箭步抢到李二狗跟前，“你回部队吧，要是非来逼我的话，除非你自己的脑袋先搬家！”

李二狗吃惊地瞪大了两眼，惶惶不安地、恶狠狠地瞪着他，后退了两步，失声说：“这是干什么呀？我、我可要动枪了！”

郑大刀被这句话激怒了，冲上去，一把揪住他的衣领：“他妈的，开枪？老子玩枪的时候，你还没学会走路呢！”说着，下腰站好了马步，抡起左拳打在二狗的肩上，接着，又抬起右拳击在二狗的鼻梁上。二狗“啊”地喊了一声，鲜血涔涔地从鼻子里流了出来。“打吧，”二狗张开两只手臂挡住了脸，“打，你就狠狠地打我吧！”

“不要打，不要打！”翠玉跑过来，挡住了郑大刀的拳头，“有话慢慢说。你就快回屋，干吗还站着让他打呀！”她对李二狗嚷道。

李二狗不躲闪，不还手，这一举动让郑大刀吃惊不小。他举起的拳头还没等落下就被翠玉一伸胳膊架住了。

郑大刀站立不稳，东摇西晃，看着低声哭泣的二狗，脑袋不由“嗡”的一声，只觉天旋地转，忙扶住翠玉的肩头，定了定神，轻声地问道：“翠玉，我刚才是怎么啦？”

李二狗擦着脸上的血，抬眼看看郑大刀，发现他的脸色非常难看，精神也有些异常。他扑向郑大刀的怀里，像个受尽了委屈的孩子见到了亲娘，抽抽噎噎地诉说道：“团长，这可怎么办哪？”

“二狗，好兄弟，原谅我吧。”郑大刀的脸上一副奇异的、迷惘的神情。他双手捧起二狗的脸，给他拭了拭眼泪，叹了口气，转身回屋，坐在床沿上，脱掉翠玉赶做的布鞋，倒在床上。他毫无睡意，一动不动地望着茅草屋顶出神……

六

山里的天黑得极快。落日的余晖转眼间就散逝了，朦胧的月色笼罩着山林，屋子里一片灰暗。

李二狗站在黑暗处，仿佛什么都听到了，只是不敢相信，心里跳得慌。

“翠玉，你知道吗?”

“不知道，什么呀?”

他停了停，改变了主意：“唉，算了吧，以后再说吧。”

沉默。

“大刀哥，你怎么那么凶，挥着拳头打二狗哥呢?”

“唉，二狗!”郑大刀叹了口气，“我不是有意欺负他呀，也说不上当时哪来的那么大火。”

“吓死我了。他要真动了枪，你怎么办呢?”她的声音里还带有几分恐惧。

“你以为他真会跟我动枪吗? 绝不会! 我的警卫员，还不了解他吗?”

李二狗嘴唇颤动着，眼眶里涌着泪水。一种不可抑制的痛苦和内疚，攫住了李二狗的全身。他不禁战栗了一下，紧闭双唇，竭力克制自己，免得哭出声来。

翠玉声音颤颤地问：“大刀哥，伤好了，你到底住不住在这里? 那天你答应我好好考虑，这么多天了，考虑好了吗?”

“和每一个活着的人一样，我打懂事时候起，就想过上好日子。有吃有穿，有地种，有房住。可是，这种好日子，从我幻想它的那天起，至今也没有来到我的身边。战争把好多事情都颠倒了，改变了。你不想要的找上了门，想得到的却跑得无影无踪……”

翠玉打断了他的话，追问道：“好日子到什么时候才能来呀？”

李二狗换了个姿势，接着往下听。

“对你和二狗来说，也许来得很快。我军已经度过了战争的艰苦阶段，进入了大反攻，光明就在前头。”郑大刀划火柴，吸了一口烟，“对于我，现在就很难去想有什么好日子，而是要想别的了。”他又吧嗒吸了一口烟，“哎，没想到我会落到这种境地，在我的面前，是一片黑暗……”

“别说了！我不听，我不想听你说这些！”翠玉几乎是高声地嚷了起来，“负了一点儿伤，不是快好了吗，还说这种丧气话干啥！”

“翠玉，”郑大刀苦笑着说，“你怜悯我的处境，我感谢你。你知道，我现在只能使人遭殃。虽然我很喜欢这里的山这里的水，可是，我不能在这里住下去。我和任何人待在一起都只会给对方增加痛苦，不会带来好处。”

“老说这种话！”翠玉愤愤的声音。

李二狗一只手扶着墙，摇了摇头，内心被痛苦的火焰烧灼着。过去从没有听见团长说过这么哀伤的话。要是可以的话，他宁愿粉身碎骨替团长去死！团长的感情是那么丰富，团长的思想是那么高尚，可是自己并不了解，前些天还担心他会逃跑，带着翠玉远走高飞，处处在暗中监视着，他是多不应该呀！

“翠玉，你觉得二狗好不好？”

“好。”

“喜欢他吗？”

“当然，好人我都喜欢。”

“噢，二狗和你年龄相当，你们又都是苦出身，依我看是很般配的……”

“你怎么啦，大刀哥！你这是说的什么呀?!”翠玉连忙打断他，“我当成你是随便问问，我也是随便回答的，可你想到哪儿去啦！你硬把我往他身上扯什么呀！”

“翠玉，我可是一片好心……”

“我不要你这种好心，不要！”

“翠玉，你的心思我知道，可我不能……”

“你不知道，一点儿也不知道！”翠玉呜呜地哭出了声。李二狗听到这儿愣住了。他很后悔，怎么鬼使神差站到这儿来，要是什么也没听到，什么也不知道，那该有多好呢！可以什么都不想，没有伤心，没有痛苦，没有羞辱。团长啊，你干吗要对翠玉说那些话呢？明天我怎么好意思见她的面呀！二狗激动得都喘不过气来，暗自思量着：郑团长，既然你有罪，算我一份，我也同你一样是有罪的。你下令错杀了人，那是在战斗中，是非常时期。再说，如果我当时不按照你说的做，不就没现在这种事了吗？可是，你承担了全部罪过，而我却成了一个无罪的人；军法制裁了你，而我却成了一个执行法律的人。不！这样做，太不近情理了！

沉默了一阵子，郑大刀接着说："我是不相信命运的。不过，我的命运就是如此，有什么办法呢！"

隔着墙，李二狗看不见翠玉已经泪流满面了："哎，我的命好苦哇！"

郑大刀没有说话，只听翠玉接着哭诉道："阿爸阿妈死后，我就和阿爹一起到头人家当用人。在我十四岁那年，有一天晚上，头人摆宴招待一个国民党的大官儿，让我给他们敬酒。那个坏蛋一边喝酒，一边对头人说：'你家的酒好菜好人更好。这小丫头……'

"头人叫我退到门外，低声说道：'团座，你只要肯帮兄弟一把，多弄些枪支弹药，同心协力对付乱匪，这个嘛，好说好说。'

"他哈哈大笑：'一言为定？'

"'绝不反悔！'

"'今晚就让她陪陪我，怎么样？'

"……我吓得跑到羊圈里找到阿爹，把这事跟阿爹说了。阿爹气得当场口吐鲜血，昏倒在羊圈里，我吓哭了。正在这时候，头人的儿子做买卖回家，路过羊圈，看到了，就问我出了什么事。我都向他说了，他想了想，跑进屋给我和阿爹拿来一些旧衣裳，牵来一匹马，驮着阿爹，连夜把我们送到这里，又留下些钱，我们就这样逃出了虎口。后来，他还常带着东西来看我和阿爹……"

"他是哪里人？"郑大刀问。

"红松坡的。两个月前，他还来过这里。"她叹了口气，"这些日子，再也没见到他的影子了。"

“他叫什么?”

“穆三发。”

“啊，他?!”郑大刀惊叫起来。

“怎么，你们认识?”

“哦！不，不认识。”

“听阿爹说，恩人还给革命出过力哩!”翠玉非常敬慕地说。

“好人哪!”郑大刀声音发颤地赞道。

听到这里，李二狗大吃一惊，差点喊出声来。“她还不知道他已经死了，就是我亲手杀死的！我要告诉她，向她赎罪，她怎么处罚都行，就是把我杀死也应该呀!”他自言自语地说着。

林子里的鸟儿开始鸣啭，黎明前的黑暗消逝殆尽，晨曦终于唤醒了大山，天亮了。雾幔在微风中渐渐飘散，绿林环抱中的茅屋隐约可见。从烟囱里缓缓地升起缕缕炊烟，翠玉已经起身做饭了。

被某种不安的情绪牵动着，李二狗没等天亮就来到了屋前山坡上。他站在树林里，像等待着什么，张望着什么，寻觅着什么，又似乎什么也不是。他恍恍惚惚的，弄不清怎么走到这里来了，还要走到哪里去。回部队，向赵师长报告，就说已经完成了任务？不！这不是自欺欺人吗？说不定，红松坡已经闹翻了天，正等着要人哩。那样的话，赵师长会把我交给军事法庭，审问我，最后虽然拿我的脑袋去抵命，可还要追踪郑团长的下落。这怎么办啦？他朝孤零零的小屋瞥了一眼，愣住了。

“还是在这里待着吧。”李二狗自言自语地说，“等到战争结束，全国胜利了，也许会把这件事遗忘了，也许会原谅我们的罪过。”沉默片刻，摇了摇头，“不可能，到那时，恐怕惩办得更严厉。”

“啪！”肩头被重重地拍了一巴掌，“你在想什么呀？”郑大刀站在背后，微笑着看着他。

天色还没有大亮，远山近壑暗淡朦胧，给人一种神秘莫测之感。郑大刀睡了一夜，显得微微肿胀苍白的脸，在面对李二狗时还略略有些颤抖。是激动，是痛苦？是尽力回想着过去，还是预料着未来？

李二狗站着，望着，想着，但他琢磨不透。天哪！他站在这里，心里真正明白的只有一条：痛苦不堪！执行这次任务，付出的代价，要比在战场上流血牺牲还要大。他把目光转到郑大刀的脸上，两人对视着，苦笑着。

“我没想什么呀！”

“谎话，是不是？”

李二狗的脸红了，眼睛盯着深壑中浮动的晨雾，没有回答。

郑大刀深深地吸了一口这清爽的空气，接着说道：“二狗，我想我们该上路了。”

“为什么？”

“前线需要战士。”

“这跟我们有什么关系？”

“装糊涂！早把我的事情办完，你不就可以早回部队了吗？”

“大清早说这种话，你这是怎么了？”李二狗抬起头，用审视的、惊疑的目光盯住他，顿时陷入了一种迷惘状态，甚至有些张皇失措。真不明白，本来在这深山老林里住下去，除了野兽常来，是不会有人想到这里的，或者多走几步路，走出茅屋，翻过篱笆，就是上不见天下不见地的森林，永远在这里住下去，结束一生，不也挺不错吗？而且，他与翠玉成了亲，有了后代，过了多少年以后，说不定这里就会出现一个小山村，甚至一个小城镇哩！他为什么一夜之间思想变得这么快，又想到了走，要去送死呢？他是不是觉得对不住翠玉，还是别的？

“吃饭了！”翠玉站在篱笆前向他俩招手。

“我要想个办法才行！”李二狗跟在他的身后，缓慢地走着、想着，一个新的念头在脑子里产生了。快要走到篱笆前面的时候，他抬起头来，朝着前面的郑大刀看了一眼，这种念头便更加坚定了。

吃早饭的时候，李二狗就有些“厌食”，没吃多少东西，突然生病躺倒了。

七

她像小鸟儿一样歌唱。郑大刀慢慢地向她走去。她躲在树干后头，紧咬着嘴唇，粗黑的发辫挂在胸前，两只黑亮的眼睛，瞅着脚前的一束迎风摇曳的迎春花——样子美丽极了。

“翠玉！”他走向前去，一把拉住她的胳膊，轻轻地拨转过她的身体。

翠玉睁着两只黑亮的大眼睛，抬头看了他一眼，又迅疾地低下了头，轻声地问道："是要跟我说什么话吗？"

"不后悔吗？"

"这话你要问多少遍呢？"

"那好，这是最后一次。"

"我都想好了，等你走了，我就带上你的信，去找妈妈，和她老人家过一辈子。"

"有这句话，我在九泉之下也能瞑目了。翠玉，我真喜欢你。"

她直跺脚，用拳头捶打着他的胸脯："你怎么就不能相信我！"

郑大刀攥住她的两只手，她胆怯地后退着、后退着，一直退到一棵梨树下，停住了步，微红着脸，浑身有些颤抖地向他靠过来。他感觉到温存的热流从心头涌向全身，一下子冲动起来，伸出双臂把她搂在怀里，狂吻着她的嘴唇、脸蛋、鼻尖、眼睛、额头。他骤然停了下来，害怕了，因为她脸色变得苍白，眼角滚出了晶莹的泪珠，全身瘫软地靠他的双臂支撑着，双手无力地垂在身边。她的柔软的胸脯紧贴在他身上，他感到一阵战栗，差点窒息了。他闭上眼睛，半晌舒了一口气，叫了一声"翠玉"，轻轻地松开了她。

翠玉抓住他的手，大胆地带有几分野性地放在自己的心窝儿上，说："摸到了吗？它是为你才跳的啊！"然后转身逃走，消失在一片葱绿的树丛里。

在两棵歪脖子的老榆树下，郑大刀找了一块裸露的树根坐了下来，望着面前山坡上绿的树、青的草、黄的花，他心慌意乱，不知道刚才干了什么事情。是在做梦吗？分明不是。是真正的幸福，还是神魂颠倒？他只感觉到蜜在心里流淌。风儿轻轻地吹着，山泉潺潺地流淌，百鸟啾啾地鸣啭，白云悠悠地飘荡，满山都开了花，白的、紫的、红的、黄的、粉的……在她的身旁就有一片蔷薇花。他感觉到了周围的春意迷人，越来越不肯离去。老榆树枝头上飞来两只美丽的喜鹊喳喳歌唱，他站了起来，大步走向山坡，站在高处放眼群山，充分享受着大自然的美景。

至今，二十七岁了，这是头一回和姑娘亲热，真正得到了爱情！过去他没好好想，也不敢好好想，现在不但想了，而且得到了它！在这之前，他是诚心诚意想把她介绍给二狗，尽管他很爱她，但因为他懂得自己所处的境遇，不该连累一个纯洁、善良的姑娘，所以他才把爱深深地埋在心底，隐藏起来。不料，姑娘却对他倾心爱慕，宁愿牺牲自己的一切。郑大刀看出了她是爱着他的，爱情赐给了他生的力量、勇气和信心！

但是，郑大刀站在这五彩缤纷、春意盎然的山林间，内心里充满了矛盾，一方面体味着心中的春意，一方面又感到有一种恐慌和不安。有时，他兴高采烈，我居然得到了这么好的一位姑娘的爱；有时，他又痛苦地想着，到底后果会什么样呢？哎，我好糊涂哟！怎么能真的喜欢上翠玉呢？她要是知道了真情，我对她有罪的啊！应该把事情的真相都告诉她，随她骂也好、打也好、杀也好！

他独自一人在林子里待了两个多钟头，夜色笼罩着山峦，他也没注意到。他踏着多石的小路往回走。不知道是因为暗影太浓，还是万籁俱寂，郑大刀突然觉得同两小时前情绪何等不同！霎时间，在他面前出现了许多张脸，什么样的表情都有：愤懑、藐视、狞笑、憎恶、同情、羡慕、嫉妒、斥责……那是在一次战斗中负伤被俘以后的事情……虽然，这件事情已经过去了好多年了，但是，它毕竟在他记忆的长河中，像一朵浪花闪现过，因而，他是不会忘却的……

“举起刀！同志们，冲啊！”郑大刀高举着战刀，箭一般地向前冲去。在这激烈的一瞬间，一种无形的力量敦促着他：不能贪生怕死，不能停步不前——子弹盯着胆小鬼！

突然，敌人的骑兵旅从侧翼迂回包抄过来，一阵密集的射击，当即有三个同志牺牲了。郑大刀腰部不幸中了一弹，身体摇晃了一下就倒下了。他愤怒地骂道：“狗日的，老子让你们的子弹瞎碰上了！”说完，他吃力地站起身，在稠密的子弹间刚走了十几步，就一头栽倒，昏迷了过去……

昏睡，昏睡，昏睡了多久？不知道。当郑大刀苏醒过来时，天已破晓，他从草丛里爬出来，沿一条弯弯曲曲的石头山路，摸摸索索，躲躲藏藏地下山了，来到一个山坳里。可巧，山坳里有一处独家独户的小屋。有庙就有神，有屋就有人。于是，他兴冲冲、急匆匆地走进小屋，想找点吃的东西，歇歇脚。

进去一看，愣神了，屋子里是红军负伤的战士，约莫有三十几人，全挤靠在一起，都昏昏沉沉地睡着了。郑大刀挤进去，躺下后，也没人发觉。

“叭、叭！”“砰、砰！”的子弹打进屋的爆炸声，把郑大刀从沉睡中惊醒。他一翻身坐起，向门窗外一看，许多穿灰衣服的敌人已经包围了这间屋子，有的举枪从窗口向伤员们扫射，有的正从大门涌进屋。

“完啦！”郑大刀眼看身边有两个年轻的战友中了弹，连哼都没来得及哼一声就死了。鲜血从脖子、胸膛里汩汩地冒出来。他的心里有一种战战兢兢的、酸涩的、痛苦的滋味交织着，沉重地翻滚。他看到所有的红军战士们，伤重的或是伤轻的，能动的或是不能动的，都把牙齿咬得咯吱咯吱响，怒视着凶残的敌人，紧握拳头，就要进入肉搏战，誓与敌人拼到最后一口气！

最先冲进屋的一个军官模样的家伙，把手枪插入套内，抽出那把闪着寒光的马刀，在袖口上蹭了蹭，狞笑道：“宝贝，平时喝不上姓红的血，今天我让你喝个够！哈哈哈！”

“老家伙，”敌军官用马刀抵着一个上了年岁的战士的胸口，“跪下！”

“呸！老子宁愿站着死，也不会跪着生！砍吧，小子！”

“成全你，那就别怪我无情无义了！”

话音一落，这位红军战士就倒下了，一声不响地倒下了。

“住手！”郑大刀愤怒地站起身，面对那个家伙怒斥道，“有种的战场上见，杀我们这些手无寸铁的伤员，算什么能耐！刽子手！”

“他娘的!”那敌军官被骂得脖子上的青筋直暴，像一条条蚯蚓在爬，举起马刀劈头盖脸地砍了下去，“找死!”

郑大刀“哎哟”一声，脑袋轰的一下，就不省人事了。

不知道过了多长时间，郑大刀渐渐感到浑身剧痛，醒过来了。两眼模模糊糊看不清，轻轻用手去擦，手上也黏糊糊的，温热的血还在流。他慢慢地擦净脸上凝结的血块，使劲睁开了眼，一看，啊！凶残的匪徒对这些断腿残臂、手无寸铁的战士，实行了惨绝人寰的大屠杀！他的头上和手上又增添了五处伤口。整个屋子里血流成河！牺牲同志的尸体横七竖八各种姿势地躺着，互相偎依在一起，有的还紧紧地拥抱着。他们就这样悲壮地离开了人间！

“同志！同志!”郑大刀目睹这一惨状，仇恨使他忘掉了一切疼痛，勉强支撑着站起来，沉重地呼吸着，两只眼睛里燃烧着怒火，一个一个地摸着同志们的鼻子、嘴巴，又用耳朵贴在他们的胸口窝里听着，没有一点气息，全部壮烈牺牲了！他无力地躺在战友们的遗体旁，昏了过去。

忽然，他被人拽了下胳膊，脑袋也抬了起来，怎么回事？睁开眼一瞧，是一个四十岁上下的一副农民装束的男人，一条腿跪在地上，用手托着后背把他托了起来。郑大刀用微弱的声音问道：“你从哪儿来，老乡？”

“我就是这个房子的主人。”那个男人看见满屋里躺在血泊之中的红军战士，心里很难过，又显得惊恐万状，“真惨哪！同志，你快走吧，敌人还会来的。”

顺着老乡指的一条下山的小路，郑大刀使出全部力气踉踉跄跄朝前走去。周围是那样寂静。山上，山下，树林，田野……一切的一切，都沉浸在悲哀、肃穆的寂静里。

黄昏降临。郑大刀艰难地走下了山，沿着早已选好的河坎北行。刚转过一个弯儿走入河滩，突然听见了匪徒的马蹄铁发出的嗒嗒的声响，他立即退回来隐蔽。

但是，匪徒的马跑得快，奔袭过来，踏得沙土飞扬。十几道手电筒的光柱交叉着剪射过来，把前后几十米的地方照得如同白昼。

“姓红的，出来吧！”一个匪徒翻身下马，大喊大叫跑过来，扭住郑大刀。

郑大刀猛一转身，打了匪徒一拳。可他两手负伤了，没有力气，打得一点儿不重。猴脸儿头目用枪敲了下他的脑门：

“跪下！”

郑大刀站着，腰挺得直直的，一动不动。

“红军战士宁肯站着死，不可跪着生！想让我跪下容易，除非你们挨个跪下给我连磕三个响头，干不干？哈哈哈……”

“毙了他！”

“哗啦！”匪徒拉枪栓的声音，子弹上膛了，扣动扳机了，枪声就要响了——郑大刀的心咚咚地跳着，但还是鼓足了劲喊道：

“共产党万岁！毛主席万岁！打倒——”

“别开枪，别开枪！”马上一个匪徒喊道，“留个活口，带回去领赏！”

匪徒们在搜山过程中，陆续搜捕了一百多名负伤掉队的红军战士，将他们反绑了双手，仍不放心，又用一根长长的绳子串起来，像赶羊群似的押往甘州。他们中间年龄最大的，从外表看起来也不过三十六七岁，顶年轻的还不足二十岁。这是一些身体强健、美丽，经受了战火的考验，同时又饱尝了战争严酷摧残的人们，看起来他们仍然充满了青春的活力。

下午五点钟光景，走进了甘州城内。一时找不到能容下这么多人的住房，“猴脸儿”灵机一动，把他们统统关进了一个骡马店的院子里。这里，骡马粪成堆，苍蝇成群，伤员们大喊着：“我们不能被当成牲畜一样关在这里，我们虽然是俘虏，但我们也是人。”

猴脸儿头目冷冷一笑：“人，什么人？姓红的和姓共的不是人！凑合着住吧。”

任他们风吹，日晒，夜露，雨淋。

天气渐渐转暖，郑大刀身上六处伤口，有五处开始化脓，有三处生了蛆，也弄不到药品治疗。他只好靠着墙壁，在太阳底下，用指甲盖插进伤口里一只一只地将蛆抠出来，疼痛难忍，恶臭无比。伤痛的折磨，使郑大刀的身体十分虚弱，经常眼冒金花，两耳嗡嗡直响，站也站不稳，每走动几步就觉得天地、房屋、树木打转儿。有几只麻雀飞落在墙头上，啾啾地叫着、跳着。他看着那欢蹦乱跳的麻雀，心里默默地想：“麻雀呀，永别喽……”

骡马店的老板娘，是个年轻美貌的女人，也是个心地善良、富有同情心的女人，她常常化点盐水替郑大刀清洗伤口，才没有使创面继续溃烂。这女人原是良家姑娘，父亲死后无钱下葬，店主给买了口棺材，母亲为了报答他的相助之恩，便将亲生女儿以身相许了。婚后，她对男人并无爱情。在给郑大刀治疗中，一来二往，倒也对大刀暗中有意了。有一次，她一边给大刀洗伤，一边悄声央求道："大哥，你想逃走吗？"

郑大刀不知道她的用意，摇摇头："不逃，也逃不出去。"

她暗递秋波，笑笑："只要大哥能带我一起逃离这儿，我想办法。"

"有什么办法？"

"你就别管了。"

郑大刀想：只要能逃出虎口，找到自己的部队，何乐而不为呢？再看眼前的这个女人，如花似玉，要是能和她在一起……啊！不行！当了俘虏，又带上一个女人私奔，这是要杀头的！死，不可怕，像这样死，为了一个女人去死，不值得，连根鸡毛都不如。

"说话呀！"女人低声催问道。

"不行。"郑大刀清醒而又冷淡地回答。

女人脸一沉，撇了撇嘴，转身就走了："哼，那你就在这里等死吧！"从此，她再也没有来给郑大刀清洗伤口。

郑大刀眨了眨眼睛，一片黑暗，什么也没有，只觉得一股冷气直袭脊背。

月亮从山坡后面露出了半边脸，像是要窥探什么秘密。郑大刀推开篱笆门，走进堆着柴草的院子里，半掩着的门射出一线微弱的灯光，他想，翠玉在想什么呢？是高兴，还是不安？他正向茅屋张望，山下有一只猫头鹰叫了起来。“祸害，怎么跑到这儿号叫呢！”他脸上突然露出一副悲哀、迷惘的神情。

把二狗安顿好，他自己没有吃晚饭。肚子饿，可是吃不下。躺在床上，他心猿意马，还在想着白天的事，既缥缈又朦胧。

第二天早晨，天气很好。郑大刀早早起了床，站在门外的篱笆内向四野看去。一夜之间，春色变得更浓了，满山都是带露的鲜花，最醒目的是桃花，一簇簇，一团团，像火红的云霞。他担心这样的美景会匆匆而逝。他很想见翠玉的面，看看她今天是什么表情，高兴还是气恼？满怀深情还是后悔莫及？夜长梦多，姑娘家的心理最难捉摸，何况昨天猫头鹰叫得那么凶，那可是不祥之兆啊！

她起了床没有，怎么还不露面？渴望变成了焦急，他想进屋去看看她在做什么。此刻，她正在为他缝补军装，他站在门外看着，心跳得很厉害。翠玉飞针走线，很快就补好了。忽地，他见她把军装紧紧地搂在胸前，充满着柔情，他真快活极了，差点儿喊出声来。他要让她知道他已经看到了她的这一亲昵的举动，怎样让她知道呢？咳嗽一声？那会将她吓着了的。要不悄悄地走开吧，叫她发觉了也不好。她把军装抱在怀里，轻轻地拍打着，活像母亲哄逗着婴儿甜甜地睡去。她放下军装，抬起头，转回身来。

“翠玉！”

“大刀哥！”她用双手捂住了脸，跑出了屋，一直跑到那棵梨树下站住了。

郑大刀跟在她的身后，他见到刚才她吻他的军装，顿时冲动起来。但是，当他走上前去，想把她搂到怀里亲热的一瞬间，他僵住了。他决定此刻把自己的真实情况统统对翠玉讲出来，宁愿说出来被姑娘撵走，也不能牵累了她以后的生活，使她跟着自己成为一个不光彩的人。她用真情来服侍我，怜惜我的痛苦，抚慰我的创伤。而我呢？一个杀死她恩人的罪犯，怎么能接受她的好意呢？那不是对一个纯洁的姑娘的欺骗吗？他缓慢地抬起眼睛看着她：

“翠玉，我有些话要对你说。你是个好姑娘，可我配不上你呀，你原谅我吧……”

“啊哟！”她回答道，“大刀哥，你有什么要我原谅的呢？”

“你不知道我是个有罪的人，罪过到了什么程度。”郑大刀接着说。

“我不听，不听！”翠玉用手捂着耳朵，一点也不感到惊奇，“别再对我说那些事，什么我都不想知道。”她的头偎依着他的宽阔厚实的胸膛，任凭他的温热的嘴唇，从她的头发、眼睛、脸蛋、鼻子往下移动，一直移到嘴唇上。这一次的吻和昨天不同，昨天毫无思想准备，不知道是怎么开始，又是怎么结束的。这会儿是真正的亲吻！陌生、奇妙、亲切，又带点纯洁无瑕的稚气。她能听出来，也能感觉到两个人的心跳得都很纷乱。

离吃早饭还有些时候，李二狗侧耳倾听，屋子里寂静无声，连着睡了几天，他感到头昏脑涨，四肢越来越无力了。他想趁无人注意，到屋子外走一走，换换新鲜空气。他折了一根梨树枝，抽打着路边的灌木丛和小草，沙沙地响，白蒙蒙的晨雾被朝霞染成了玫瑰色，在树林上空轻轻飘浮。

李二狗从篱笆外绕道上了后山。几天来，他六神无主，朝思暮想着一个问题：“我该怎么办?”渐渐地，他不得不以一个告别者的悲伤冷静的感情、无可奈何的情绪观察这里的一切。他伫立山头，倚着一棵老松树向四周张望，远远地看到在树丛中郑大刀和翠玉拥抱着。这种情景二狗已经见到过几次，他在心中暗暗地为他们祝福。但是，他内心有时又感到痛苦和不安，不知道自己采取这种方法对翠玉姑娘是不是道德，是可喜的还是可怕的呢？因而，这使他没有勇气向他们俩走过去，他又懵懵懂懂地回到茅屋，走到自己的房间，躺到床上睡了。

“二狗，吃饭咯!”郑大刀用手摇着他的臂膀喊道。

睡着了，好像还在做梦，脸上不时流露出忧伤苦闷的情绪。他确实是在做噩梦，梦中从一个深渊掉进另一个深渊。惊醒过来，他发觉郑大刀和翠玉都站在床前，吃惊地看着他。

“我不想吃。”

“闹绝食吗?”郑大刀坐在床前，拉着他的手，动情地说，“你瘦了，小伙子。”

“瞧你说的，有病的人不瘦还会胖吗?”翠玉瞟了他一眼，嗔怪道。

“只要能依我，保准你很快就会好起来，怎么样?”

二狗笑笑："哦？"

"少想点心事。"

"别糊弄我了，我有什么心事？"二狗直摇脑袋，"翠玉，大夫同志，你给我做证吧，啊！"

"病就是病嘛，别听他的！"翠玉白了郑大刀一眼，不满地说，"我每天给他熬药汤喝，你没见？"

"那，二狗，我的伤可是好利索了。"郑大刀欣喜地告诉他。

"不信。"

"不信？你看，"郑大刀在床前踢腿、下蹲、腾跳、扫堂，一连做了几个动作，"全好了，不吹吧？"

"你不要骗二狗哥了！"翠玉突然生气地说，"根本就没好。走路走急了，晚上睡觉还痛哩，这就叫全好吗？"

"谁也不会信你的。"李二狗望着他的脸说，"你治你的伤，我治我的病，都要听翠玉的话。她说谁好了谁就真的好了。"

翠玉一脸失望、忧郁的神色，听到二狗这句话以后，露出了笑脸，她开朗地、如释重负地一笑："就是嘛！"

郑大刀没有回答什么，皱起了眉头度量着：看来，二狗在这儿消磨时光，不想走；翠玉不让二狗走，也就是为的我不能走。他猜得到，看得清清楚楚，准没错儿。是啊，这里的山，这里的水……都是迷人的。

吃罢早饭，郑大刀上山砍了许多树枝，又一捆一捆地拖回来。下午，他就动手扎篱笆。翠玉当帮手，将原来已经朽了的篱笆拆掉，换上了新的，一直忙到天黑才干完。

山里的夜晚，月亮升起得很慢。当月亮刚刚挂在山顶上，透过高高的白桦林，在山泉中映出一片婆娑的月影时，已经快十点钟了。郑大刀睡不着，想趁着月光到屋前屋后走一走，看看夜景，想想心事。他踮着脚出了屋，踩着柔软的草地，来到篱笆外的树林边。微风吹动树叶发出沙沙的细语声，山涧的流水发出很有节奏的声响。树林深处，夜莺在委婉地低唱，好听极了。他注意到在面前的那棵枝丫繁茂的梨树上，月光下有数不清的蓓蕾和白色的小花。他嗅到了花的香味。梨树四周是一丛一丛的灌木，都在它伸展开的枝叶的掩映中。月光滤过枝丫照在地上，隐隐约约看到小草和一些叫不出名的花朵。他置身于月色朦胧的梨树下，观赏着这番夜间所特有的景象，如着了魔似的，对什么都感到新鲜而又迷惑不解。他想采一朵梨花带回去，放到翠玉的床头，但他马上又嘲笑起自己来了，一个戎马倥偬十几年的战士，倒有闲情逸致玩赏起花来了。他伸出去的手又缩了回来。

突然间，他听到背后传来轻轻的脚步声，他转身背靠着树干，看见一个熟悉的像棵小白杨树的身影向这边移动着。他轻声叫着："翠玉，你怎么来了？"向她迎了上去。

她听到喊声，向他跑了过来。她凝视着他，冷不丁说道："你的伤，永远也不会好的！"一头扑到他的怀里，贴在他身上，他感觉出她的心在剧烈地跳动。她是这么年轻、单纯、无所顾忌，真是一个大胆泼辣、纯朴多情的山林的女儿！他俩默默无言地站着，紧紧地抱在一起，谁也不再说一句话，仿佛一开口，幸福立刻就会消失。爱河在他心上流淌，他感到神魂颠倒，爱神的力量难以抗拒！他喘了口气，问道："天这么晚了，你怎么到这里来了？"

"我离不开你。"

"愿意的话，我们就结婚吧！"

"都听你的。"她的声音比风还轻。

"要不是你，我早就死了。"

"没有你，我也是。"

"玉，那，我们……"他身上打着战，急促地恳求道。

"嗳！"她的声音柔情似水。

他既惊又喜，如醉如痴！两人站立不住，一起倒在梨树下柔软的草地上……

春夜没有言语，只有恋人的喘息声。月儿遮上了朦胧的面纱，像一位成熟的、羞涩的少女。月光下，草儿拔节，花儿开放，山泉淙淙，鸟儿啾啾，青枝绿叶……良宵美景，甜蜜芬芳，自然界无时不在孕育着新的生命！

八

他们把结婚的事告诉了二狗。二狗衷心为他们高兴。他们的矛盾终于统一了，而他该怎么办呢？

星星挤眉弄眼，好像是在神秘地笑着。翠玉站在梨树下，第一次怀疑她的肚子里正在孕育着一个新的小生命时，百感交集，激动得气都喘不过来了。天哪，难道这能是真的吗？她抬手抚弄着月光下挂在枝头的嫩嫩的梨子，心里有说不出的高兴。啊，她也要做母亲了！她低着头，从高耸的乳峰往下细细地观察，一心想寻找到身体的某个部位是否起了变化。没有，什么也看不出。怕是还不到时候吧？

她兴奋地回想起两个月前，也是这样一个夜晚，月亮挂在天空，又圆又亮。她和大刀对着月老拜了天地，二狗既是司仪，又是证婚人。自从爱上了大刀，她就想做他的妻子，终于如愿以偿。有了丈夫，她又渴望孕育新的生命哩——这是来日的希望、依靠和寄托！每天她都是这样幻想着、祈求着。现在显然隐约可见了，有了！

也许，什么都不是。她想，说不定是自己在胡思乱想瞎猜疑。

无论是真还是假，要不要跟大刀讲一讲呢？讲了，是假的，不就让他空欢喜一场吗？这些天，他心事重重，把这件事对他说说，兴许他会高兴坏了，绝不会吓一跳的。

于是，她挪动着疲乏的双腿兴冲冲往屋里走去，生怕发生意外，每一步都迈得很低，踏得很稳。推开门，走进里屋，郑大刀已经躺下了，正在床上“烙饼”哩。

“哪去了？”

“屋后山上。”

“干什么？”

“看月亮。”

她脱光了衣服，紧挨在丈夫的身边。

“你笑什么呀？”

“笑你尽说傻话。月亮有什么看头？”

“好，我给你说句不傻的话吧？”

“说呀，不说我可要睡觉咯。”

“大刀，你知道吗？我……我……”

“你怎么呢？”他真的想睡了。

她用嘴巴对着他的耳朵一字一顿地，生怕他听不清似的，说道：“大刀，我……好像……有喜了。”

“啊?！什么什么？”他骨碌一下翻转身，脸对着妻子，伸出双臂把她紧紧搂住，“真的吗？没、没搞错吗？你怎么……知道的？”

“轻点……还不一定是……不是，我好像有这种……我害怕。”她的声调里带着七分喜三分惊地回答。

“我要做爸爸啦！”郑大刀掀开被子，坐了起来，两眼看着妻子洁白的身体，光滑圆润的腹部，笑得合不拢嘴，“怪不得这些日子老见你爱摘酸果子吃哩。嘿嘿嘿！”

“你疯啦！”翠玉羞涩地瞪了他一眼，露出微微笑容的幸福的脸上泛着红光，伸手拽过被头盖住了身子，“看把你乐成什么样儿啦。”

“翠玉！”郑大刀重又躺下，抓住翠玉的双手，放在他的心口窝上，顿时感到有一股春潮在胸中流动，一直流向全身，“我们能在这里相遇相爱，到底是怎么一回事呢？是苍天有眼故意这么安排，还是前世有缘命里注定的？怎么这么巧！”他像问翠玉，也是问自己。当然现在不需要任何回答。“这些天，我老在想，郑家的根到我这儿就断了，再也没人能传宗接代了。就像小河里的水干了，不能再往前流了，我是最后一滴，被酷热的太阳光一照，也耗干了，连一滴也没剩。可是，谁能想到呢！”他又把嘴贴在翠玉的脸上，左亲右亲，总也没个完，“原来竟会这样！竟会这么快！”他活像一个狂喜不已的孩子，“小河没有干，又遇上了一场喜雨！”

她也由于激动而颤抖着，稍微冷静下来，回想着他刚才说的话，突然惶恐起来，甚至后悔莫及：不该对他讲这些的。有了孩了，他就心满意足，可以高高兴兴、无忧无虑地上战场去死了吗？告诉他，是想让他欢天喜地活下去，为了孩子活着，至少也要等到孩子出世，亲眼看看他的小模样啊。这块肉还没有从她的身上孕育成熟、分离出来，他倒想着与她分离了，心真狠啊。

“别生气，大刀，我是跟你开玩笑呢。”翠玉唏嘘着，虚弱无力又一本正经地说。

“啊！你说什么?!”郑大刀蓦地感到很失望，继而情绪愠怒，“开玩笑？跟我开这样的玩笑吗，乱弹琴！”

“我跟你说过……”

“说过什么?!”

“‘好像有喜’，没说一定有呀。”

“不错，这话开始就说过。”郑大刀深深地叹了口气，声调和缓了一些，“你没有错，翠玉。不说了，睡吧。”

“要是真的没有，你……”她把一只胳膊搭在他的胸脯上，试探着问道。

“那，我们就要一个，从现在开始要！”他突然扭过头来注视着翠玉。

“要是一个月要不上呢?”

“那两个月。”

“一年要不上呢?”

"两年。反正得留下一个亲骨肉!"

她如释重负，长舒了一口气。

他躺不住了，又翻身坐了起来："过去我连想都没有想到过要个孩子，今天我想了，一定要一个。没有孩子我是不能走的！懂吗?"

她没有回答，一伸手勾住他的脖子，发了疯似的在他脸上、脖子上吻了起来。她兴奋极了！刚才的忧虑和不安消失得无影无踪了，她所害怕的事情已经没有了。他们熄了灯，躺在那里随便聊着。话题从孩子谈起，聊到过去，聊起现在，聊着未来，他突然住了声，一种羞耻之心涌上了心头。

"刚才还高高兴兴的，又怎么啦?"翠玉把温暖的身子移了移，紧紧地挨着他，不安地问道。

"我总觉得对不住你似的。"

"亏你说得出哩！我不听，不听，就是不听!"她扭动着身体，赌着气嚷道。

"翠玉，你本来可以生活得很好，却偏偏和我结合在一起……"

"有什么不好？我很快活!"

"老是提心吊胆过日子。哎，将来你会痛苦万分的。"

"大刀，你别老想这些事，老说这样的话，我不爱听。我不能和你分开，什么时候都不分!"

"千万别这样想，翠玉!"他嘴上在劝慰她，心里却陷入了一种迷惘状态。他感到奇怪，枪伤早已康复，为什么待在这里不走呢？红松坡那儿是非去不可的，这种事谁也代替不了。但是，他的思想又斗争开了：不能去，一到那里就等于走进了另一个世界。那是一个虚无缥缈而又令人毛骨悚然的世界，尽管每一个活着的人最终都要走向它，也还是想躲开它，不情愿过早地向它走去。“像你这个年纪，正是过好日子了的时候。”

“没有你，到哪去过好日子呢?”翠玉沉默了一会儿，用遗憾的、委屈的低语说道，“除了会舞刀弄枪，你啊，什么也不明白。”

“你说得对。”他抱歉地笑了笑。

夜已经很深，他们两人的谈话时断时续，渐渐听不到了。他们拥抱着睡着了，同时进入梦乡。

醒来时，刺眼的太阳光照进了屋内，淡淡的晨雾被湿润的风吹进门来，在阳光照射下，泛着柔和的光。他感觉到了浓郁的春天的气息。他走到屋外，天气非常暖和，春意一天浓似一天，转眼，将是初夏了……这对他来说，无法解脱的痛苦，深深地潜伏在他心中，昨晚上又狠狠地折磨了他一番。看样子，今天的天气又要变阴，朝霞怎么这样红，说不定会下雨的。他走到二狗的草棚子前，敲敲门，里面没有一点动静。“这小子，一大早，又跑山上转悠去了。”他自言自语地说道。

自从郑大刀和翠玉结了婚，二狗就自己搬到了这个棚子里住。开始翠玉不让，大刀也不同意，他却说一个人住清闲些，对治偏头痛有利。究竟这阵子头痛病治好了没有呢？鬼知道，反正他自己总说越来越厉害，有时候在郑大刀面前疼得是够重的。翠玉每天都为他煎药汤喝。有几次，郑大刀催促他说：索性避开翠玉，悄悄地上路，去红松坡。他都推说走不了道。“性急，你自己去吧。”“没有你，让我自己往脑袋上开枪？假如一枪死不了，又无力补一枪，该怎么办？带着第十一个弹孔回部队领奖吗？”郑大刀一边回想着这些事，一边踏着一条林间小道朝山上走去。

雾霭在阳光里向上蒸腾，空气中散发着苦涩的味儿。郑大刀无精打采、怅然若失地踩着沾满露珠的小草，漫不经心地走着。他站在一块崖石上，远眺那起伏的溟蒙的山峦，想到了自己的故乡的山，故乡的水，和在故乡的土地上，含辛茹苦的老母亲。永远不能回去了，再也无法见到他们了！哪怕能喝口故乡的水，抓把故乡的土闻一闻，和妈妈说上一句半句话也好啊！这只能是痴心妄想，统统办不到啦，最终成了异乡鬼魂。他不由得冷笑了一下，像这样倒也痛快，眼不见心不烦。人死如灯灭，什么都用不着去想了，一切都由活着的人去想吧。

离开洒满露珠的小道，走下一个陡坡，仍没见二狗的影子。他便独自来到了一片幼松林的空地上。这儿静极了，浓密的松树不规则地生长着。他在这里三个月没见人的踪影，只见过一头花斑豹和几只大灰狼从这里路过。他本来想用翠玉的猎枪打的，可是，瞬间产生出一种怜悯之心，它们并没有袭击自己，为什么要无辜杀戮呢？它们寻觅食物是为了生存。这种怜悯之心他从来没有过的，结果他放下猎枪，任这群野兽从他面前大摇大摆地走过。自己为什么变得这么仁慈了呢？奇怪啊，连自己也说不清楚。走路踩死了一条小虫，他都会痛悔一番，甚至难过得流泪。难道一个人在临死前就是这样留恋着生、羡慕着生吗？现在，他无心去想它了，而是想起了另一个问题："很小参加革命！哈哈，革命！眼看革命快胜利了，我到哪儿去了？就只配得到红松坡的一堆土吗？哈哈，哈哈哈！"他仰面嘲笑起来，脸上是一种病态的、绝望的表情。片刻，当他从这种状态中清醒过来以后，终于在脑子里闪现出一个无可动摇的念头："活下去，就在这里生儿育女！"

但是，当他想到生儿育女，想到翠玉，他的心就隐隐作痛，觉得有洗刷不尽的罪孽……

傍晚时候，郑大刀率领全团人马赶到了红松坡。这里四面环山，是个理想的狩猎场。郑大刀的部队埋伏在红松坡，再向东是友邻部队的主力。战士们听说游来了"大鱼"，个个摩拳擦掌，不顾长途奔袭的疲劳，连夜挖工事，等着敌人来送死。

晚上，郑大刀审讯一个被俘的敌特嫌疑分子。这是一个年轻俊美的人。黑眉毛，宽肩膀，四方大脸，高鼻梁，厚嘴唇，中等个头，穿一身合体的灰色棉装。他回答问题的时候，有些傲慢，毫无胆怯的样子，有时还冷冷一笑。

"你叫什么名字？"

"穆三发。"

"来红松坡干什么？"

"回家看看。"

"你是这里的人？"

"家父穆仁之，贵军大概也听说过吧？"

“当地的族长、头人，拥有不少武装。可你为什么要参加国民党的特务组织呢？”

穆三发迟疑一下，但是仍旧傲慢地回答了问题：“我没参加国民党，更没参加国民党特务组织。我只是一个普普通通的买卖人。”

“哟嗬，买卖！你的买卖不小嘛，今天做到我的头上了！”

“嘿嘿，对了，这笔生意做成了，你们可以赚大钱哩。”

“笑话！别兜圈子了，照实招来吧！”

穆三发仰着脸，摇晃着腿，不作声。

“老实说，你的任务是什么？”郑大刀猛地提高了声音。

“回家跟家父叙叙，谈谈生意，没别的事……”

“你从哪里来？”

“生意人，走南闯北。”

“好一个‘生意人’！”郑大刀踱步到他的背后，冷不丁用左手按住对方的后颈，右手从他的腰中将一支手枪下了，“跑买卖带这玩意儿干什么？！”

“这年月，兵荒马乱的，护身防盗用的。”穆三发也不示弱，急转身，反手紧攥住郑大刀的手腕，把枪夺了过去，“长官，客气点儿！”

“你要干什么！放规矩些！”李二狗将黑洞洞的枪口对准了穆三发。气氛顿时剑拔弩张。

郑大刀却不慌不忙，朝二狗摆摆手，转向穆三发，严肃地说道：“我军的政策是‘坦白从宽，抗拒从严’，如果顽固到底，明白你是什么下场吗？”

穆三发笑了笑："我提醒你们，'武汉行辕'给全体官兵来电：'共军只有一旅人等，可大胆前进。'你们别太大意了才是。"

郑大刀仰面大笑说："牛皮大王！你们进不能进，退不能退，已经成了笼中鸟、瓮中鳖啦！"

"长官用词不准，应是'他们'。告诉你吧，要没有人支持你们，人家还准备赶到圻春吃晚饭哩。"

"做梦！你愿意留在我们这里干吗？"

他摇了摇头，抖动着一条腿："不干。"

"那好，只要你不再跟人民作对，我放你回家去，怎么样？"郑大刀越发认定他是敌人临战前派出的刺探我军情报的特务。

"穆某从来也没有跟人民作过什么对。"

"你是个属猪的嘴巴——真硬。走吧！"郑大刀用锐利的目光盯住他，警告道，"要是跟我要滑头，小心你的脑袋！"

"杀了我，哼哼！你那个脑袋也得搬家！"穆三发冷冷地一笑，然后一本正经地对郑大刀说，"真人不说假话，我是受人之托，专程回来做家父的工作，要他配合贵军这次行动。你看这是不是一笔大买卖呀？"

"买卖是不小。"郑大刀随口应了声，心里将信将疑。多年来，为了在红松坡一带少数民族聚居的地方开展工作，一直在争取穆仁之。这些情况，他还是知道的。但是，眼前的这个人是不是叫穆三发，他到底和穆仁之是什么关系，一概不知底细。敌人随便派个什么人来冒充一下，将我军的兵力部署弄到手，不是没有可能的。再说，马上就要打仗了，才派他来做工作，不可能，显然是谎话！哈哈，敌人的这一招太愚蠢了。他突然改变了主意：不能让他走，扣住他，等打完这一仗再好好审审他。不行，留下他，还得要派人看守，弄不好就会惹出更大的麻烦来。于是，他那双又黑又亮的眼睛盯着穆三发，沉默了片刻，不禁笑了起来。

“你笑什么？”

“去吧，去做你的大买卖吧。”郑大刀用一种不寻常的音调回答。

“祝你们打个大胜仗。”

“一定会把胆敢来捣乱的所有的敌人消灭光！”郑大刀斩钉截铁地答道。

“但愿如此。”

郑大刀眯起两眼，看着穆三发离去的背影，沉思片刻，唤来李二狗，皱起眉头命令道：“留下这个家伙，将来也是个祸根。等他走到松林旁，你就把他……去吧！”

“是！”李二狗按了按手枪，走了。

不一会儿，从松林那边传来“砰！砰！”两声枪响。郑大刀听到枪声，暗自笑了。可是，他突然对自己奇怪起来：为什么要下令杀死一个放掉的俘虏呢？他来路不明，去向不清，到底是干什么的呢？……

他叹了一口气，觉得自己的心都快碎了。他真悔啊，哪怕死上一千次，也是一个有罪的人啊！他有几次想对翠玉袒露真情，但都被她拒绝了。“到底为什么呢?”这使他非常困惑。“难道二狗已经对她说了？不像。从二狗这一阵的情绪看，他是不会主动泄露‘军机’的。”大刀摇了摇头，又自我否定了。正因为这样，他越发觉得对不起翠玉，仿佛良心受到了强烈谴责。

九

绿林深处，他拥抱着她，紧紧地搂着她的腰，两眼深情地望着她苍白的脸：“翠玉，你瘦多了。”

“轻点儿，”翠玉轻轻地从他的怀里挣脱出来，指了指肚子，“傻瓜，不怕压坏我们的孩子吗?”

“是，服从命令!”这使他感到陶醉，快活得像个孩子。他用手掌轻轻摩挲着她的肚子，这使翠玉感到快慰。

“你会猜吗?”

“猜什么?”

“小子还是丫头?”

郑大刀“哦”了一声，笑笑：“嗨！是小子，下回就再怀个丫头。”

“是丫头呢?”

“那就再要个小子。反正我不会只生一个就善罢甘休的。你同意吗?”

翠玉听了他这句话，心里又快活起来，放心多了，她甜蜜地笑了，直点头说：“你想要几个我就给你生下几个。”

但是，在她从头到脚仔细端详了郑大刀之后，她的情绪突然低落下来了。她已经察觉到，这几天，他总喜欢一个人往山上跑，从山前到山后，东张西望，时时刻刻都好像在注视着自己面前可能出现的异常情况，等待着什么到来。经常面对溪水刮胡子，像是个将要远征的战士，预料以后再也不能复归。最使翠玉感到焦虑不安的，是他的那双眼睛，由于忧心焦躁而变得凝思呆滞，眼神时常只有某种渴求……郑大刀看出她在痛苦地看着自己，于是凑近前去捧住了她的脸，轻声地问道：

“要做妈妈了，害怕吗?”

她倒在他的身上，把脸贴在他的胸口上，没有回答，而是靠在他的怀里，瞅着那莽莽苍苍一眼望不到尽头的绿色的森林，急切地忐忑不安地低声告诉了他一个顶顶重要的消息：“听上山采药的大叔讲，解放军渡过了长江，占领了南京，全国就要解放啦!”

“这一天终于盼到了，”郑大刀显得非常平静，“我知道。”

翠玉吃惊地抬起头，连忙闪到一旁：“谁告诉你的?是谁?”

“我听到了解放军渡江作战的炮声，听到了山那边庆祝胜利的锣鼓声、鞭炮声。”

“是啊，是啊！你都听到啦!”

“有人说，瞎子的耳朵灵，聋子的眼睛亮。现在，我既是瞎子，又是聋子，所以能够听得特别远，看得特别清。”郑大刀说到这里，一拳砸在身边的树干上，震得枯叶纷纷飘落下来，“本来，我可以壮烈地死在战场上，或者威武地走在欢庆胜利的队伍中……结果，就像这样，既不是壮烈地死，又不是威武地生。我、我算他妈的什么人呢?!”

“大刀……”翠玉一头扑在他的怀里，呜咽起来，“你不能这样想，不能啊！我离不开你……”

“好好，别介意，翠玉。”郑大刀抚弄着她的黑发，安慰道，“我不能没有你，也不会离开你。我要活下去，管他妈的，这绿色的大森林能够养活我们。别哭了，翠玉，我们要好好地活着，像正常人一样地活着。今晚上，我们和二狗一起，也开个欢庆胜利的大会吧！”

“还有一个，”翠玉把他的手按在肚子上，柔声地说，“我们的孩子也参加。”

“对，四个人。不，要是双胞胎，那就是五个啦。哈哈哈！”

他俩一起笑了起来。

他俩又转悠到了一片幼小的白桦林里，肩挨肩地在树间走来走去，阳光斜射在小白桦上，叶片发白发亮，可爱极了。有几只金翅花背小鸟，在绿草地上蹦蹦跳跳，喳喳乱叫，没有一丝忧愁。翠玉踌躇了一会儿，又信口问道：

“全国胜利了，我们也要生活得更好一些才是啊！”

“那当然，”郑大刀胸有成竹，“靠山吃山，靠水吃水。打猎，采药，挖参，垦山种植……再拿这些山货，到镇上换来吃的、穿的、用的。山下人有的，我们都会有；我们有的，山下人却没有。”他兴奋地干咳了一声，继续说道，“鲜菇、木耳、山鸡汤……要什么有什么！啊，不缺，什么都不缺。”他把身子转向她，沉默了一会儿，把脸靠得很近，“坦白地说，真正缺的就是孩子。翠玉，你就抓紧些，快把孩子生下来吧。有了孩子，我们就真正什么也不缺了。是不是，翠玉？是不是？”

“大刀，你这个傻瓜！”翠玉以掩饰不住的愉悦心情对他说，“果子熟了才能摘呀，我可没本事三个月就给你生下个胖小子。”

这样的交谈使他入迷，使他感到飘飘然，把什么烦恼都抛到了九霄云外，和翠玉在一起，他才懂得了什么叫快乐的生活。

夕阳西下，带状的光束洒向山上山下的树林，天色变暗了，草木的绿色越发浓重，仿佛凝滞起来了。他们想到晚上的“庆祝大会”，便兴冲冲地向绿林深处的茅屋走去。翠玉去推二狗的门，她要把丈夫的好主意告诉他，让他也高兴高兴。推开门一看，屋里空空的，人哪去了？她正要退出来，无意中发现二狗在床上放了两朵杜鹃花，花的下边压了一张纸。“大刀，大刀！”她感到一阵恐慌。

“什么事？出了什么事？”郑大刀冲进了屋，看到二狗用铅笔在纸上歪歪扭扭写下的几行字，轻声地念道——

郑团长：

杀死穆三发的凶手也有我，判处你一个人的死刑是不公正的。您是我的救命恩人，知恩不报非君子！让我最后喊你一声“大哥”，喊翠玉嫂子一声“妹妹”吧！这两朵红杜鹃，一朵送给大哥和妹妹，一朵送给我那没出世的侄子，收下吧，除了它能代表我的一颗心，再没有别的礼物能表达我的心意了。我对你们只有一句祝福的话：中国的地盘大得很，逃命吧！一定要活下去……

一切都发生得这么突然！郑大刀愣愣地伫立着，思想上毫无准备，怎么突如其来地发生了呢？二狗也许是替我去死，也许是……反正他是去走一条绝路了！他猛然神经质地哆嗦起来，心里产生了一种绝望的、悔恨的酸楚之感：我为什么要生存下来，而让一个年轻的无辜的孩子去做替死鬼！我这是多么可耻啊！他突然转过身来，对站在背后眼泪汪汪的翠玉说道：

“现在你都明白了吧？”

“我早就知道了。”翠玉很平静地回答。

“你听谁说的？”

“没听谁说，是我看出来的。”

“原来是这样！翠玉，你不恨我吗？”

“恨！”

“那你还要和我在一起？”

“哪个人能没有错呢？”说着，一种不可抑制的、令人窒息的忧郁，攫住了翠玉的全身，她无法控制自己，突然失声哭着扑到郑大刀的身上，“我们离开这里吧！随便到哪儿去！下地狱也行，我情愿跟着你！”

他竭力制止她，想使她平静下来。他不由地把她搂在怀里，安慰道：“别这样想！翠玉，亲爱的！看在你肚子里的孩子的分儿上，千万别这么想！让我一个人走吧，有罪只能惩罚我一个人，哪能连累你和孩子呢？”

翠玉把双手按在胸口上，面部抽搐着，怀着无穷无尽的哀怨，说道：“大刀，你要是准备去死，我也跟你去，死在一起。”

“我不是去死，至少现在不是。”

“那是干什么去？”

“去找二狗兄弟。活着找到人，死了找到尸。”

“以后呢？”

“再说吧。”

“那好，我就在这里等你回来，一直等着你！等你一辈子！”

“不，你到我家去和妈妈在一起生活吧。那样，你们互相都有了依靠，我也放心啦！”他竭力说得平静些，好像不会发生什么事，“翠玉，你看好不好？”

翠玉的眼泪像山中的泉水一般哗哗地流了下来。她扑通一下跪在郑大刀的面前，双手抱住他的腿，凄厉地叫着：“我不让你走！我不让你走！我和孩子不让你走哇！你不要走啊！”

“不要这样，你不能这样！”郑大刀双手扶她起来，她跪着不动，哭个不停。郑大刀的泪水也像断了线的珠子连连滴落在翠玉的头发上、脸上。他咚的一下面对着翠玉跪下了：“好翠玉，你知道吗，在战场上，我郑大刀没当过逃兵，在法场上，我郑大刀也不能当逃兵啊！你就让我去吧，啊？我求求你了！”说着，他就给翠玉磕了一个头。

“不，不！”翠玉慌忙站起身，来拽大刀的胳膊，“你是大英雄，不兴跪我!”

郑大刀仍然跪着，声音哽咽着说：“好翠玉，我知道这一去就不会再回来了，你受我三拜吧。一拜家中老母亲，儿子不孝；二拜你，丈夫无情；三拜我那没见到面的孩子，爸爸无义!”

大刀三拜完，站起了身，翠玉一下搂住了他的脖子，抽泣着说：“给孩子起个名字吧。”

他点点头，默想片刻，说：“要是男孩就叫大山，女孩就叫小林吧。”

翠玉站在一棵歪斜的松树下，身子靠着疤疤裂裂的树干不停地颤抖着，一直目送着丈夫的身影消失在漫无边际的绿色之中。“天哪！显显灵，救他一命吧，他是个好人，好……”一句话没说完，她就昏倒在草地上了。

第五天傍晚，风呼叫着，黑云从北边的天空涌过来，在红松坡的上方停住了。红松坡的人们被穆仁之的家丁们赶着去看执行死刑的情景。人们围住了刑场——一座新坟（埋葬着穆三发）旁——有一个新挖的约二尺半深的大坑。

穆仁之穿着黑色长袍，手里捧着水烟袋来了。他在早已为他准备好的椅子上坐下，呼噜噜吸了一口水烟，声音沙哑地对持枪的卫兵命令道：“把罪犯带过来!”

郑大刀拨开人群，穿着一套洗白了的旧军装，态度从容地走到坑前。他的脸色苍白，疲乏的目光在围观的人们的脸上移动着，最后直视着坑底，嘴唇紧闭着，嘴角微微搐动。他摘下军帽丢进了坑里，然后理了理军衣，仰面看了看被黑云遮掩着的灰蒙蒙的天空。他好像是在企盼着一种无法实现的事情，脸上毫无恐惧的表情，这使拥挤着的人群中的嗡嗡声低落了下去，有的不敢看他的这种表情，把眼睛避开，掉转过身流着泪。

“看着我！”穆仁之双眼流露着凶光。

郑大刀扭过身子，内心痛楚地用眼睛打量着：这是一位花白胡子的老人，微驼着背，脸色很难看。他良心受到谴责，悔恨而又虔诚地说：

“老人家！我错杀了你的儿子，今天处我死刑，我也觉得对不住你啊！望老人家多保重吧！”

数不清的人头低垂着。天空中啪嗒啪嗒落下的雨点，像人们在悲哀地哭泣……

一个身材瘦弱的老太太跪在穆仁之的面前，抬起流满眼泪的皱巴巴的脸，苦苦哀求道：“天主在上，饶命吧！……老爷，饶他一条命吧！……他杀死过好多鬼子、坏蛋，是个有血性的好人啊！……老爷啊！……”

“走开！”穆仁之挥挥手，护兵把她架走了。他又喊道：“把闲人从坑旁赶开！开始吧！”

几个持枪的人把人群赶离坑旁，又扶着郑大刀站住。等他站定以后，他们就退到了身后，有两个行刑的人已经端好枪瞄准了他的脑袋和后心窝准备射击了。有人“哎呀”惨叫一声，就沉寂下去了。妇女和孩子紧张得哭了起来……

“慢！”郑大刀转回身来，面对行刑的人沙哑地，但是非常清楚地说，“红松坡是我战斗过的地方，让我最后看上一眼吧。”他抬起眼睛环视着四周的山峰、树林……他又看着黑压压的人群，高声地说："乡亲们！全国就要胜利了，大家好好过太平日子吧！"他看到两只黑洞洞的枪口照直地对准了他的头部和胸部……

"大——刀！"

蓦地，翠玉大喊着从人群里跑过来，可是，"砰！砰！"的枪声响了。"翠——"郑大刀"玉"字还没有喊出口，身子摇晃了一下便跌倒在坑边的土堆上，鲜血从下腭和胸口喷射出来，一只手插进了松软的土堆里，身子只动了一下，就好像安详地睡着了……

母亲搂着孩子，老人捂着眼睛，骚动的人群中发出撕裂人心的哀号和哭喊，整个场面无限凄惨、震惊人心！郑大刀的尸体被抬进了坑里，无论男人女人，还是老人孩子，都走到坑前，一人抓起一把土，轻轻地向坑内撒去……渐渐地，渐渐地堆起了一座高高的新坟，把郑大刀掩埋了。

"翠玉，是你？"穆仁之吃惊地看着呼天抢地的翠玉，从椅子上站起了身。

翠玉披散着头发，红肿的两眼发呆地盯着穆仁之，一只手紧攥住辫梢，一步步向他逼过去，咬着牙关骂道："穆仁之，你这条老狗！"

"你要干什么？"护兵举起枪托就向翠玉砸去。

"住手！"穆仁之喝住了护兵，"让小伢儿把话说完。"

翠玉怒视着他："郑大刀杀死了我的恩人，我恨过他；今天，你杀死了我的丈夫，我跟你拼了！"

"五年前，是我叫三发送你和你阿爹逃走的。"

"胡说！"

“无礼!”穆仁之用手轻轻捻着胡须，“别忘了，你阿爹骑的马还是我的。”

“那你为什么要杀郑大刀?”

“杀人偿命，这是共产党的王法。”

“他不是有意的!”

“杀人偿命，这就是共产党的王法!”穆仁之大声重复着刚才的话，走到郑大刀的墓前，弯腰深深地鞠了一躬，挥挥手，让十几个家丁抬过一块高大的石碑，立在了郑大刀的墓前。

翠玉一下扑倒在碑前，哭天抢地，悲痛欲绝!

碑上没有刻字——所有的人，都面向这块无字的墓碑跪下了!有的仰面祈祷，有的俯身磕头，“呜呜”的哭声响成一片，在绿色的松林中，在连绵的山岭间，如诉如泣，萦绕着，回荡着……

（原载《小说林》1985年12期）

人心隔肚皮

赵庄有个孤儿，名叫耿大进，爸妈死得早，十岁上便无依无靠了。庄上有两个二流子常来教唆他偷鸡摸狗。庄里皮匠万老汉的独生女儿万霞，人美心好。有一回，她碰见大进，看他蛮机灵，怪可怜，怕他跟着不三不四的人学坏了，便要把他领回家。

“小霞，你真是菩萨心肠！”大进感激地说，眨着两只眼瞅了她半天，脑袋又摇得像拨浪鼓，“不，不！万大叔会打你骂你的。”

听了这话，小霞脸唰的一下红了。但她想了想，还是鼓足了勇气：“只要你学好，我爸准喜欢你，别怕。”居然落落大方地拽着他衣袖往家走。

出乎意料的是，万老汉见了大进不但没有发火，还答应收他做学徒。万老汉成亲晚，妻子又早逝，留下个独生女小霞就是他唯一的精神寄托。小霞今年十岁刚出头。男大当婚，女大当嫁，今后，小霞朝外嫁不成。眼见自己背朝黄土脸朝天，一口气不到，哪个来给我养老送终？招婿入赘为上策。

就这样，耿大进拎了爸妈留下的半竹篮子家当，穿一身盖前露后、肥肥大大的破衣衫，来到万家，站在万老汉面前，恭恭敬敬地叫了声："师父!"

万老汉听了，喜欢得两眼眯成了一条缝："孩子，往后这里就是你的家，你就像我的亲儿子啦!"

"爸爸!"

"嘿嘿嘿!"万老汉满脸开了花。

从此，耿大进开始了新的生活。他对老人的训导是顺从的，也很孝敬，转眼不到三年工夫，他就能独立做活计，一家三人，吃穿花销，样样都挺宽绰。这一天，大进一边给老人捶着腿，一边说："爸，你年纪大，眼也花，苦累了几十年，如今家里吃穿不愁，你老该喘口气咯。"

万老汉听了大进的话，细品味一番，不由得跟吸了"黄金叶"一样有滋有味儿。此后，老人便叫小霞给大进做做下手活儿，自己退到了"二线"，常赶赶集镇、卖卖货什么的。

正合大进的意。他和小霞一起做活儿，比跟老人一起做活儿更自在。每次，只要老人一出门，耿大进就小霞长小霞短地不停声叫："小霞，皮条快绱完了，给割根来吧。""小霞，早晨咸菜吃多了，给我碗水喝。""张老头的家什破这大的洞，啧啧，真不好补，小霞，你过来帮我出出点子。"

小霞端水，送料，出点子，满脸含笑，随叫随到，越是这样，她越觉高兴。要是大进时间长点儿不叫小霞这小霞那的，她还怪乏味的："大进哥，你自己做吧，我明天跟爸去赶集。”

大进听了着了急：“你走了，我一个多没意思。”

姑娘胜利了，又“咯咯”地笑了。有一回，大进拿根湿漉漉的皮条在她脖子后一撩，痒得她嘎嘎直笑，就拿起一根竹竿在屋里追打他。大进跑累了，喘着粗气吓唬她说：“小霞，爸来了！”

真灵，她还真的就站住不追了，一回头，果然看见老人背着手站在身后，小霞蓦地从脸到脖子全红了，心里咚咚直跳。事后，她咬住嘴唇又一想：有什么不好意思的呢？我们俩又没做坏事，怕爸做什么呀！一想到“我们俩”，姑娘心慌意乱了。后来，她再不敢和大进戏耍了，姑娘暗自多了一层心思。

这一天，大进见老人赶集回来货全卖光了，很高兴，便趁机谈起自己的抱负，要求把生意做大些、做活些，除了修修补补，再做一些乡下人也开始时兴的货色，诸如年轻人的皮靴、皮帽，老年人的皮背心之类。钱攒多了，就扩大再生产。人手不够，可把庄上两个高考落榜在家闲晃的后生也招进来……

“哼，新词儿不少哪！”没等他说完，万老汉皱起眉头，在鞋底上“嗒嗒”磕着烟锅灰，斜眼瞥了瞥他，“打哪吹来的风！”

“爸，前些日出门卖货时，我常到人家皮革厂师傅那儿转悠，又学会做……”

“算了！”老人的两眼瞪圆了，“嫌我的手艺不中用了？哼！我万家没有大富，可也没穷过，祖辈就这么干的，少给我想那些花花点子!”说完，两手倒背着出了门，烟荷包在屁股后头直摇荡，老远还听他嘀咕：“吃里爬外，混！真混!”

“别惹爸生气呀，”万霞在一边和声细语劝大进，“眼下不缺吃穿，又不缺钱花，你心想那么高做什么呀?”耿大进没见老人发这么大的脾气，也没想万霞能说出这样的话。他想辩说几句，但话在嗓子眼儿翻了个身又咽进了肚里。从此，他不再提起这件事，省得老人伤心，也免得万霞不高兴。

一连半个来月，大进都没出门，闷头做着修修补补的活儿。有天晚上，县剧团送戏下乡，在附近的公社露天剧场演出。乡下人看场戏，跟庄稼旱久了遇场雨水似的。庄上年轻人有的连晚饭都没吃就结伴儿颠了，为的占个好位置。大进紧赶慢赶把一天的活儿赶完，洗洗手，拿起一块中午吃剩的烙饼，和万霞一道出了门，也想去看戏。万老汉把脸儿一沉，干咳一声：

“不会再找点活儿做？嫌钱多扎手不成？有闲心凑那份热闹去！哼，看那东西不怕心看野?!”

老人的话就像圣旨。万霞拽拽大进的胳膊肘儿：“别去了。”

大进从不违抗老人的话。他默不作声，退回屋里，点上小油灯，系上围布，割皮子做活儿了。远处不时传来“咚咚”“锵锵”唱戏的锣鼓声。不知是因刀子、锥子不好使，还是因别的什么，他常割断皮子、扎错眼儿，常返工。

不几天，小屋里的气氛又恢复了往日那样的和谐、平静。

憨厚粗犷的庄户人，有时候心细得赛过绣花针尖子。万老汉就是这样的人。自打那天小霞和大进追打嬉闹过后，很少再听到他俩喊哥叫妹的，有时见他俩干脆用眼色和手势“说话”。哎呀！小崽子们，该不是背着我私订终身了吧？老汉心里不由升起一股无名之火。

“爸爸，你病了？”小霞端了一碗饭，站在万老汉面前。

老人如梦方醒：“哦！没、没病，爸是叫人骗怕了，我心里在骂拿了东西不给钱的人哩。”他接过碗，无意中看到女儿丰满的胸脯，猛然意识到：是喽，孩子们都二十啷当岁啦，哪家的桃子熟了不该摘收呢？不该怪罪大进，过去要招人家进门来，不就有这层意思吗？他抬眼看着正在吃饭的小霞和大进，心想：托共产党的福，我万、耿二姓人才能欢欢喜喜合成一个家，跨过了多少沟沟坎坎，打从他们起，我万皮匠家就要红火起来啦！越想越高兴，不由撂下饭碗，打开工具箱，从底层的小方箧里拿出个红布包儿，喜滋滋地说：“大进、小霞，都把碗撂下，过来，我有话对你们说。”

他俩对瞅了一眼，不明白发生了什么事情，便一块儿朝他挪了挪身子。“爸，有事？”小霞眨眨眼，不解地问。耿大进接过红布包，打开一看，原来里面包着一把皮匠用的骨柄空心锥子。锥尖明亮锋利，锥柄光滑精致，好看极了，恰似城市商店玻璃柜子里的工艺品。

“喜欢吗？”万老汉瞅了眼大进，又瞥了眼小霞，乐呵呵地问。

“真漂亮！爸爸，送给我的吗？”大进喜出望外。

“不！我要，爸！”小霞撒着娇，从大进手中抢了过去，“这么好看的锥子，可我从来没见到过，爸，你偏心！嗯！”

万老汉捋了捋花白胡子，眯眯着笑眼，朗声说道：“孩子们，这锥子是我和你妈成亲时，你爷爷送给我们的信物，这也是咱万皮匠家一代一代往下传的家宝。”说到这里，他又瞅着小霞和大进，“今天，我再亲手把它送给你们吧。”

“哎哟！”小霞用一只手捂住脸，一只手攥住衣襟，背过身子说，“我不要，我不要！”

大进犹豫半晌，红着脸，双手接过订婚的“信物”，扑通一声直撅撅地跪在了万老汉的面前。老汉“嘿嘿”地笑了，笑得是那样甜。

可是，谁也没有料到，第二天大清早，耿大进悄悄地走了。那“信物”原封没动，留下了。去哪了？下落不明。为什么走呢？内情不知。不过，庄上有人骂他本性难移，恐怕又跟二流子鬼混去了；也有人说他翅膀硬了，准是远走高飞了，是个忘恩负义的东西；还有人责怪万皮匠父女自作自受，活该……总之，闲言乱语，说什么的都有。

为此，万老汉生了一场大病，万霞姑娘哭肿了双眼。日久天长，人们也就不再提起这件事情了。如今，皮匠老汉已经过世，万霞还是孤单一人。据有人所见，耿大进在某地一个社办的皮革制品厂当了副厂长。他娶了当地的一个小学老师为妻，模样儿不出众，比起万霞来要差一截子。婚后一年生下个小女儿，如今快两岁了，长得跟娘差不多，不算好看，倒也伶俐，是个小电视迷。一家三口，日子过得跟地里熟透了的高粱一般——殷实、红火！

不过，赵庄的老辈人提起耿大进，短不了摇头道："人心隔肚皮，这小子……"

要是年轻人们论起耿大进来，也短不了叹息道："做个好人不易。唉，真是人心隔肚皮哇……"

（原载《滇池》1984 年 5 期）

爱的天平

开车的铃声响了。他俩站在站台上，还是那样地依恋不舍。她二十三四的年岁，鸽蛋圆的脸儿，两只杏仁眼，一对粗黑的辫；匀称的鼻梁上缀颗小黑痣，高翘的嘴唇鲜润丰满；身材苗条秀美，穿了身合体的衣裳，使得一个山村年轻女性的曲线和魅力都充分地显露了出来。她手提布兜站在他的面前，脉脉含情的目光带有几分忧郁的神色，一句话也没说，好像有话也说不出来。

“鹃鹃，”他拉着杜鹃的手，用炽热的目光盯着她的脸，央求道，“你应该有个明确的态度呀！”

“我……不能答应你！”杜鹃说着，把布兜里的山里红倒进小明的旅行袋里，“小明哥，只要你幸福，我会高兴的……”两眼噙满了泪。

“鹃鹃！”钟小明急了，“为什么？你说，说呀！”

“小伙子，上车吧！”站在车门前的乘警，笑着向他催促。

“快上车！”杜鹃刚把一本《苹果树栽培与病虫害防治》的书塞进小明衣兜，火车就启动了，“别问了，原谅我吧!”

“杜鹃!”小明从车窗里伸出头，向含泪作笑的杜鹃高声喊道，“要勤给树苗浇水，挡风的篱笆抓紧扎好，别忘了!”

他站在门外，揿了揿门铃，等候着开门。不一会儿，笨重坚固的铁门缓缓地移动，门内出现一位衣着考究、面色白净、雍容富态的中年妇女。小明跨进门，深情地喊道：“妈妈!”

妈妈拥抱着儿子，然后用手抚弄他硬扎扎的寸发和宽阔、敦厚的脊背，双手搭在他的肩头，由上往下打量着。脸庞瘦了，皮肤黑了，个头高了，身体结实了，模样儿似乎也变了，变得像个地道的“山里人”了，哪还像个农学院的大学生。妈妈忍不住流下两串泪，责备道：“你心里只有黑马山的果林，哪有我这个妈妈！眼下就要分配了，还不回家跟我商量商量。”

“黑马山果林发现了虫害，不是您写信告诉我一些新的灭虫方法吗?”小明笑着回答。

妈妈抹完眼泪，也笑了：“妈要和你商量‘那件事’，所以才连着给你拍了两封加急电报。”

“啊?”小明吃惊地看着妈妈，站在楼门外。

“快进屋，愣着干什么?”妈妈拥着儿子走进客厅，来到二楼的卧室。变化真大！他记得三年前，妈妈召回他商量进京之事，屋里还很简朴，现在却全变了样儿：新置的“席梦思”，三开门的大立柜，照见人影儿的五斗橱，样式别致的落地灯，可以喷洒香味的电风扇，宽大精巧的写字台，绿绒面儿的长沙发，“声宝”牌带电脑的立体声收录机……一应俱全。面对小院里状元红、矢车菊、夹竹桃、金桂、苹果树等各种花木的落地窗半开着，晚风带着桂花的香味儿吹进来，飘抖的淡蓝色的窗帷，宛若窈窕女郎的裙裾轻飘漫舞。房间四壁粘贴着蛋青色的合成塑料面，在吊灯柔和的光线映射下，使人犹如置身于梦幻的世界。

“明儿，”妈妈坐在沙发上，看到儿子进屋后对室内的一切所产生的浓厚兴趣，暗自高兴，“满意吗？”

房间里色调冷暖和谐，家具置放错落有致，同一座艺术宫差不多了。小明已经有好多年没有受用了，猛地置身其中，有些不大适应，所以说不上满意还是不满意。为了不伤母亲的心，他还是笑着回答：“妈，您是有名望的植物学家，孩儿我哪敢挑剔。”

“小贫嘴！”妈妈嗔怪地笑了，“妈的身体一天不如一天喽，可我还得为你的事操心啦……”

“谁叫您是我的妈呢，”小明笑了笑，打开旅行袋，双手捧出光洁鲜亮的山里红，“您爱吃吗？”

妈妈抓了几粒，放茶杯里用水冲冲，坐沙发上一边品尝，一边说：“好吃！这东西听说能降低胆固醇，所以这阵子在北京买它也要托关系，萍萍帮我出了大力……”

“妈，这可是杜鹃亲手为您采摘的，瞧，个儿多大！”

“这姑娘，总还想着我。”

“可您……”小明噘了噘嘴巴，“妈，我几次在信上提的问题，您怎么老不回答我？”

“杜鹃同意吗?”

“她……也怪了，近些日子态度突然变了，坚决不答应。”

“姑娘的心思不好猜。她不答应，自有她的道理，”妈妈又拣了几粒放进茶杯里，笑着说，“不要紧，我再给你介绍一个。”

“那要我自己看得上的才行。”小明诡谲地一笑。

“当然。妈妈自信眼睛比心脏好，我看中的姑娘，你准保没意见。”

院子里传来小汽车的制动声。妈妈一听，顿开笑颜：“来了！快下楼，迎接客人。”

“谁?”

“见到她，你就知道了。”妈妈拽起儿子的胳膊，下了楼。

小楼前，停了一辆黑色“奔驰”。车门一打开，一个彩蝶般的姑娘飘然而出。她体态轻盈，老远就用演员似的圆润歌喉喊道：“伯母，‘奔驰’半道儿不奔了，怕是来晚了吧?”说时，抬手看看腕上款式新颖的金壳小表。

“不晚不晚。”妈妈笑着拉过“彩蝶”的手，对小明说，“这是赵萍萍，在首都医院工作，你们认识一下吧。”

“您好!”

“您好!”赵萍萍摘下白绸儿手套，礼貌地握了下小明的手。

他们说说笑笑走进小明的卧室，电风扇摇摆着，散发出阵阵沁人肺腑的馨香。萍萍靠在沙发上，有意做了两个深呼吸，对这种香味儿怡然自得。小明陡然间也感到神清气爽：家庭电气化，真是优越无比，舒适至极。但他同时不由得又想到了另一种情景……

盛夏。夜晚。天气燥热。油灯下，小明和杜鹃坐在桌旁学习《苹果树栽培与病虫害防治》。小明虽然打着赤膊，汗水仍顺着脸颊流到脖子，又“滴答滴答”落到桌面上。蚊子和飞蛾在他们的眼前飞扑。为防蚊虫叮咬，杜鹃和小明都把腿脚放进水桶里，仍然孜孜不倦地研读科学书籍。杜鹃一边学习，一边用扇子驱蚊、降温。两人饿了渴了，就拿起黄瓜啃几口……

“喝咖啡。”妈妈今天特别高兴，没有喊保姆李妈，亲手冲了两杯咖啡，端到萍萍和小明面前的茶几上，然后又捧出一只八角形的糖盒，里面有裹着五颜六色糖衣的高级糖块，顺手递给萍萍两块茅台酒心巧克力，笑眯眯地说道：“萍萍，你跟小明聊着，伯母今天下厨房，和李妈去给你们做好吃的。”说着，冲萍萍丢了个眼色，“咚咚”下楼去了。萍萍点点头，会心地笑了。

柔和的灯光下，萍萍往小明的嘴里塞了块酒心巧克力，面对面地瞅着，目光从他红润的脸庞，看到宽阔的肩头，再顺着壮实的身躯移向穿了二十六号半解放鞋的两脚，终于露出了欣喜的笑颜。

虽说小明已有多年没吃过这种酒心糖，些许点酒还不至于醉的，但毕竟他脸上发烧了，一直烧到脖根，真想避开对方的审视："你干吗这样看我？"

"嗬！你没看我，怎么知道我看你？"她仰着脸，睁开明亮的双眼望着他，笑了。

他非常注意分寸，向她报以淡淡的客客气气的一笑："萍萍，尝尝我从乡下带来的野果。"伸手从旅行袋里捧出不少山里红，放在茶几上，挑一个鲜红的递给她。

萍萍放在鼻孔下闻了闻，咬了一小口，还没来得及细细品尝，舌尖的味觉神经便敏感地做出了反应，她皱了皱眉头，强忍着咽进了肚里，忙喝口咖啡，从盒子里拨拉出了一块太妃奶糖，放进口里。她看小明吃得有滋有味，不禁笑道："很香很甜吧？"

小明故意将舌尖咂得山响："很香很甜，我很爱吃，因为它是一个好心的人送的。"

"谁送的？"

"这，你就别问了。"

"你不说我也知道。好了，馋嘴小猫儿，你说，我这身衣服好看吗？"萍萍先是"孔雀开屏"，接着旋转了一圈，然后对小明一歪脑袋，"嗯，怎么样？"

"美极了！"小明脱口而出。

"嘲笑吗？"

"不敢，是真的。"

"唉！像我们这个年岁的姑娘，想选几套好看的衣裳难死了。东单、西单、王府井、'友谊'、'华侨'、大栅栏，不知道跑了多少趟，服装店的门槛儿都快让我踏破了，也没买到件中意的。"她面对穿衣镜，左顾右盼，滔滔不绝地说，“后来找路子，托医院一位同事的同学的未婚妻，她是空中小姐，专飞北京至巴黎的航班，才给我捎回几套来。不是我崇洋媚外，人家外国人连色彩学也比我们强。”她指着身上的衣裙，斜瞅着小明，“明明，你说到底好不好看？”

上衣玫瑰红，裙子荷叶绿，真可谓“红花绿叶”，相映生辉，配色确实很考究。钟小明看完，笑着点点头：“生活嘛，就应该搞得丰富多彩，只要不搞得不伦不类就行。”

萍萍一高兴，便抬起右手在空中划着拍子，唱起了爱尔兰民歌。看样子她像是常到家里来，对这里丝毫也没有陌生感。

柔情的歌声，淡绿的灯光，馨香的空气，萍萍像彩蝶般美丽、温情，瞧她眸子里似乎有晶莹的泪花在闪光，这能是真诚的爱情的结晶吗？他想……

天黑了。他还是昏昏沉沉地躺在铺上，烧没有退，不思茶饭，口干舌燥，眼冒金花，浑身瘫软无力。他迷迷糊糊地想东想西，不知怎么想起了自己的童年。

那时，他从托儿所、幼儿园，到育红子弟小学、光明中学，有保姆、阿姨、老师和同伴，住楼房、坐小汽车，生活无忧无虑，充满了童年的欢乐。不料，一场浩劫从天而降，爸爸被戴上“叛徒”“军阀”的帽子，罢了副司令员的官，妈妈也成了“反动学术权威”，和爸爸一道押送农场劳改。后来，为了儿子免遭不测，妈妈暗中托一位老战友把小明送到黑马山孤苦伶仃的外公身边。一老一少，相依为命。老人经不住这一沉重的打击，跳了山涧深潭。小明孑然一身，举目无亲，就像一条缺舵少帆的小船，也不知何日才能找到避风的港湾。

有一天，他鬼使神差般来到外公瞑目的山涧旁，怅然泪下，痛哭一场后，面对深潭，便想到要去找外公。他站在高耸的悬崖上，紧闭双目，向着深潭一头栽下去……猛地，一只胳膊被人紧紧拽住，他扭回头一看："杜鹃！你、你为什么要救我？"

"爸爸对我说过，想自杀的人最没出息。"姑娘噘起嘴巴瞪着他，"爸爸被打成'右派'从学校开除回家后，也站在这儿想跳涧，可他站了半天也没跳，他说这样死是个屈死鬼，不值得。"

小明不由自主地看看深潭，看看深潭旁一棵在风中摇曳的金黄色的山菊花，蓦地捧起杜鹃的双手，大叫一声："我——要——活——"

晚上，他一个人昏昏沉沉地躺在床上，吃力地睁开两眼，发现一个年轻姑娘流着泪坐在身边："你？杜鹃！"

"今天听爸爸说，才知道你病了。"杜鹃端过一杯汤药，托着他的后背，扶他坐起，"我从山上采的，喝了能退烧。"

他"咕嘟咕嘟"地喝下："杜鹃，谢谢你！"

杜鹃没说话，又从篮子里端出一碗热气腾腾的鸡蛋挂面，油珠、葱花儿浮了一层，扑鼻喷香："躺下，我喂你。"

一连几天，他经杜鹃精心照料，好多了。这天晚上，他喝完药，吃了饭，杜鹃笑嘻嘻地从篮子里拿了一粒山里红放在他嘴里："好吃吗？不用怕，病后吃点儿山里红，能开胃助消化。"

“怪不得这么香这么甜，真好吃!”

“好吃你就多吃点，馋包!”杜鹃今天显得格外高兴，帮他掖好被头，就坐在床沿上，给他唱起了《山里红》歌儿，声音很轻，但感情炽热，深沉动人。

“多好听的山歌啊!”小明喜滋滋地看着她说。后来，他们一起上山给果树除草、施肥、剪枝、灭虫、采山里红……小明总喜欢听杜鹃唱山歌，直到四年前，他考上了农学院……

“瞧你们这两个孩子，不吃不喝，干坐着。”妈妈走上楼来，察言观色，看出两人谈得好像很投机，便摩挲着萍萍的双手，笑眯眯地问道，“萍萍，你喜欢明明吗?”

萍萍抿嘴含笑，瞟瞟小明，伸出藕节似的细腻柔嫩的双臂勾住她的脖颈，亲昵地说道：“伯母，我听您的。”

“好孩子!”她一下把萍萍揽在怀里，“只要你们结了婚，趁他大学分配时，我想办法把他调回北京。”

这时，李妈走过来，小声问：“饭菜做好了，开饭吧?”

“走，吃饭!”妈妈挥挥手，“在餐厅，敞亮些。”挽起萍萍的胳膊，下楼时满面的笑容。

一张圆大的餐桌上，丰盛的酒菜使小明眼花缭乱，除了“蟹黄鱼肚”和“砂锅胖头鱼”之外，还有好几道菜他只能听萍萍点说。有绿如翠衣、肉香味美的“翠衣笋鸡”，有外软里嫩、食之清香味浓的“锅塌里脊”，有色香味俱佳而且口感酥脆的“桃仁象眼鸽蛋”，有“白汁如意竹荪”……李妈还在源源不断地往桌上端。

"喝!"妈妈端起酒杯，轻轻抿了口，"吃菜。萍萍，到这儿要像家里一样，别客气，啊。"她又给萍萍酙了个满杯，一边给她夹菜一边说，"你钟伯伯跟你爸一样，越老越忙啊，常年不回家，我的身体又很不好，亏你靠医院的关系给我买了不少名贵药品，要不我这台破机器哪能转到今天！萍萍，今后，这个家就交给你管了，好吗?"

"伯母!"酒不醉人人自醉，萍萍脸上神采飞扬，脑袋靠在她的肩头上，有些羞涩地柔声说，"您能长寿，做晚辈的跑跑腿买点儿药还不应该吗？只要您往后不嫌弃我就好啦。"

"这孩子，看你说的，伯母早就把你当成心肝宝贝疙瘩了，嘻嘻!"

"一唱一和，真够滑稽!"小明暗自发笑。当他看到萍萍脉脉含情的两眼直盯着自己的脸，再想起她那喝凉白开一般饮酒的海量，顿时觉得心头有一种说不出来的滋味……

"瞧你，还有什么不好意思的？吃吧!"杜鹃从饭篮子里拿出两块菜饼子，硬往小明的手上塞。

小明给果树打完虫药，就坐在树荫下看那本《苹果树栽培与病虫害防治》，中午饭也没有吃。连日来，他都一天吃两顿饭，一是靠吃返销粮，得节俭；二是想多挤点儿时间看看科技书籍，没工夫做。这时，他正感到饥肠辘辘，头昏眼花，肚皮贴着脊背。可是，他一想到眼下家家吃粮都紧张，怎忍心从杜鹃一家口里要食吃呢！小明连忙摆摆手："我不饿。"

"人是铁，饭是钢，一顿不吃饿得慌。"杜鹃夺过他手上的书，"你不吃，我要生气了！"

眼前，山里人的日子过得紧巴，不少人家靠救济度日，可从没听到有哪个说国家的闲话，不愧是老区啊！当他看到杜鹃两泓秋水般的明澈的眼睛，真有些心慌意乱了，索性接过菜饼大口大口地吃了起来。他极力控制着自己的情绪，才没让眼泪流出来。

大概是喝得多了点儿，萍萍的脸上抹了一层淡淡的红晕。凭着姑娘特有的敏感，她突然撒着娇，说道："伯母，我感觉到小明哥好像心里早有了别人……"

"谁？"妈妈一愣神儿，"有这种事？"

"嘻嘻，我是从小明哥吃山里红发现的。"

妈妈笑了："萍萍，你是说杜鹃姑娘吧？杜鹃可是个非常听话的姑娘，她不会再和小明好的……"

"什么？"小明不由一惊，疑惑地问道，"妈，您怎么知道……"

"以后你就明白了。"妈妈端起酒杯，抿了一口。

"一二三……一百！一二三四……一百！……"听人家讲，晚上睡不着觉就数数，小明已经数到三千八百了，可还是辗转反侧，难以入睡，失眠了！院子里的鸣虫叽叽喳喳叫得心烦，小明索性拉亮落地灯，翻身下床，从衣兜里掏出《苹果树栽培与病虫害防治》翻看着。他对这本书怀有一种特殊的感情，一方面因为它是妈妈的一本颇有影响的著作，另一方面因为每次读它都好像被引进了一个新的知识天地。再有，自己能够为山区大面积移植果树出力，能够自学考上农学院，甚至能够和杜鹃相爱，都离不开这本书的引导。

他正翻看着，突然从书里翻出一封信，一看，是母亲写给杜鹃的：

……姑娘！在我们遭难的时候，是你和你的一家救了小明，使他重新点燃了生命之火，鼓起了生活的勇气，我们全家永世难忘！

你和小明在朝夕相处中产生了爱情，我是可以理解的。滴水之恩，应当涌泉相报，如果单从报恩的思想出发，我应该支持你们的婚事。但是，小明的爸爸常年不在家，我的身体很不好，小明是我们唯一的孩子，每时每刻我都盼着他回到身边来，如果在山区成了家，进京就没有希望了。再说，你们从小生活的环境不同，将来生活在一起，恐怕也很难有共同的语言。所以，希望你们千万不要感情用事……杜鹃，你是个有志向、有抱负而又通情达理的好姑娘，你就为小明的幸福想一想吧！

……你想为山区果树的大面积移植做出贡献，

我愿意把我的知识传授给你，这一点我想我还是称职的。但我有个条件，就是你不能和小明结婚……

“条件？条件！”小明看到这里，情不自禁地嚷了起来，“称职！称职？”

“我，不能答应你！”他想起了杜鹃的话。

“以后你就明白了。”这是妈妈的声音。

“原来是这样！”小明自言自语地说。突然间，一个衣着时尚的城里姑娘萍萍，一个勤劳朴实的山里姑娘杜鹃，还有那满山坡等待剪枝的大片果树，像电影画面一样在他脑海里闪现……

翌日清晨，妈妈推开小明的卧室，儿子走了，悄悄地走了。她失望地捧起小明留在写字台上的一封信，模糊的泪眼只看清了这样几行画了蓝杠杠的字：

……人不是植物，妈妈！您研究了大半辈子植物，不知道您是否研究过人！人除了和植物一样需要必不可少的生存条件外，还需要有思想和感情的滋养，更要看哪里才是我的用武之地，而能给我这一切的只有黑马山，只有黑马山里的人……妈妈，哪天您也到山里来看看吧，山里的空气好，还有儿子正在研究的满山坡的果树，您会喜欢的！……爸爸来信说，他办完离休手续就到山里来，看看他当年打游击、杀鬼子的黑马山现在是什么样儿……哦，爸爸还说想在黑马山做个义务护林员哩！……

看着儿子留下的信，她陷入了沉思……

（原载《海峡》文学丛刊 1983 年 3 期）

蜗牛壳·窗花儿

一

夜深了。淡黄色的落地灯光刺得古月芬心绪烦乱，她侧身躺在床上看着贴在窗玻璃上的窗花儿，有“喜鹊登枝”——这是她和丈夫结婚时剪的，有“双燕展翅”——这是丈夫获全国优秀新闻作品奖、她获厂“精神文明建设标兵”时剪的，还有蜻蜓啦、蝴蝶啦，都是她在不同心境时剪贴的。剪窗花儿，她在当姑娘时就喜爱，至今这种嗜好未变。其实，她自己并不爱看，她是剪给别人看的，丈夫就很爱看她剪的窗花儿。

她久久不得入睡，悄悄地下了床，踮起脚尖轻轻走到卧室门前，猫着腰，用右眼睛贴住钥匙孔向外屋窥探——宽大的写字台，一端坐着丈夫，正伏案写作，笔尖在稿纸上发出窸窸窣窣的响声；坐在另一端的那个年轻女子叫丽莉，她和丈夫同在报社编辑部工作，一起分管政法方面的报道。这个丽莉，身材颀长，圆脸，大眼，细眉，薄嘴唇，高鼻梁，白皮肤，黑头发；上身穿了件墨绿色圆领、短袖澳毛衫，袒露着圆润洁白的双臂和柔嫩的脖颈；衣衫紧束，显现出一对丰满的乳房；柔软的肩膀富有青春的活力。怪不得在报社都叫她“蒙娜丽莎”哩！男人们怎能不被她这副模样儿撩拨得心花怒放。而作为一个女人，古月芬的心头却顿生妒意。

丽莉左手托腮，右手握笔，脑袋歪斜着，像是在苦思冥想，又像是脉脉含情凝望对方。

忽而，丈夫从书柜的什么地方摸出一个圆尖状的小东西，托在手掌上给她看，向她苦笑笑，摇了摇头。丽莉接过圆尖状的小东西，若有所思，叹口气。接着，两人悄声细语起来。到底在谈论工作，还是在谈情说爱？那个圆尖状的小东西，是个什么宝贝？古月芬感到莫名其妙。她最近时常怀疑这个女人和自己的丈夫不清不白，可又苦于没拿到任何证据，她显得郁闷不安，心事纷乱……

二

早晨，丈夫起了床就忙着刮胡子、换新衣，着意修饰了一番，显得比往日精神许多。临出门时，他对妻子说：“今天去郊区采访，要跑很远的路，晚饭也不能回来吃了，抱歉。”古月芬一听很是扫兴，好不容易盼上个休息日，原想拉着他一道去爱和公园看花展，这下全吹了。星期天也要跑郊区采访，有那么急吗？她灵机一动，索性拿起电话，拨通了报社编辑部，值班的回答：“没有紧急采访任务哇。”

她心头猛地一震：不，我得想办法弄个水落石出！她对着镜子理了理乱发，来不及吃点东西，匆匆跑下了楼。丈夫一副若无其事的样子，只顾向前走。她不得不加快脚步，在背后紧跟，远远地监视着。

一直追随到离车站不远处，古月芬站住了，身体躲在路边售货亭后边，两只眼睛紧紧地盯着丈夫的背影，一眨不眨。丈夫迈开大步，兴冲冲地走向车站。就在这时，古月芬再清楚不过地看见从胡同口走出一个年轻女人：高挑个儿，腰肢舒展，上身穿一件鹅黄色开司米紧身衫，下身穿一条青色牛仔裤，丰腴的身体，优美的线条。她像个孩子似的跳了两步，旁若无人地紧握着丈夫的手，脸上流露出激动的光彩，浑身充满了诱人的媚态。古月芬感到呼吸有些急促。开过来一辆公共汽车，丈夫和她互相搀扶着跳了上去。二人打得火热，简直像一对爱侣。惆怅、憎恨、痛苦，各种情绪交织在一起缠绕在古月芬的心头，她直觉得全身的血液都往脑袋顶上涌去。真会撒谎，说是去采访，居然在大白天拉着这个骚货朝荒郊野外跑，能有什么好事情！她不愿多猜疑，可眼前的情形又使她不得不猜疑。她恨，恨丈夫是个伪君子、负心郎，恨丽莉是个插足者、狐狸精！她在心里诅咒，想冲过去揪住他俩，当众使他们名誉扫地。古月芬的感情不由自主地冲动起来。整个世界都变得一片混沌了。她呆呆地站着，一筹莫展，她想到自己此时多像一条小可怜虫儿。可是，她很快克制住了，不让这种冲动的情绪发展、蔓延。愤懑之中，她又体会到一种欣慰：毕竟发现了他们私通的蛛丝马迹，自己并没有被他们愚弄，没让他们蒙在鼓里。见鬼！这怎么好怀疑他们私通呢？没准儿真的是去采访哩。她疾步奔向车站，挤上后面的一辆公共汽车，坐了八九站地，终于看清了他俩在野鸭湖站下了车，径直朝湖边走去。

古月芬不便追得太近，也不敢离他们太远，只好坐在柳荫下，利用岸边的灌木丛做掩蔽，严密地监视着他们。灼热的秋阳下，湖水泛着清粼粼的波光。湖滨浅水区，洗澡的、游泳的男男女女，摩肩接踵，身穿各种式样游泳衣的半裸的身躯，在清澈的湖水映衬下发出令人目眩的色彩。一个穿大红游泳衣的姑娘横躺在救生圈上，露出两条浑圆的大腿和白里透红的双臂。这一切都映入了古月芬的眼帘，使她隐隐地萌发出一种厌恶感。她满怀痛苦，面色苍白地呆立着。

不多一会儿，丈夫和丽莉并排儿从岸边的更衣室里走出来。古月芬带着嫉妒、恼怒的神情瞧着他俩。两人都穿着游泳衣，站在水边活动身体。“不是采访，肯定不是采访！”她自言自语。丽莉的游泳衣最时髦，甚至有些奇形怪状，似乎到了难以遮羞的地步。她不时用双手捧起水往自己的胸部拍打着；从乳下到腹部的肉体展示得一览无遗，吸引了身边好几个小伙子的热辣辣的目光；她侧过身，胸脯隆得更高，丰满的大腿把三角裤遮住了，仿佛下身一丝不挂。古月芬暗暗骂道：“臭美！还知道世间有羞耻吗?!你妈白给了你这漂亮的坯子，遭雷劈的！”她的心几乎要跳出来了，用什么恶毒的语言骂都不解恨。但她内心并不否认：丽莉太美了！

他俩开始游泳。古月芬注视着他们的一举一动。丈夫的姿势很美，标准的蛙泳；丽莉忽而狗刨，忽而仰泳。丈夫游到深水区，又游回来。这会儿，丈夫游到丽莉的身边停下，站在齐腰的水中，一只手托着她的腹部，一只手伸向她的胸脯，教她蛙泳。丽莉伸开双脚和两臂在水面上拍击着，溅起一片片的浪花。两人欢快的笑声随着浪花飞起。古月芬呆痴痴望着水中的情景，又酸楚地思忖自己的境地，猛然发现在这个世界上留给自己的只有孤独、冷清和痛苦，悲伤的泪水一下涌出了眼窝。本来那个位置是属于自己的，眼下竟被丽莉这个小淫妇占有了。老天爷呀，你对一个弱女子为什么这般无情，这般不公道！火辣辣的太阳透过林罅间照射在她的背上和右半边的脸上，她觉得格外烦躁不安，悔恨当初不该轻信了他的海誓山盟，悔恨今天不该盯他的梢，充当了这种不光彩的角色。古月芬想马上离开这里，越快越好，并发誓不想再看他们一眼，而且从今天开始和丈夫分居，直到离婚为止。她想：他既然心里没有我，为什么我古月芬还要这样看重他?!

可是，就在她转身要离开此地，没有走出几步路，还是情不自禁地扭头向水中瞥了一眼。奇怪，两人都不见了。她立刻停住脚步，目光极力在湖面上搜寻，连个影子也没有。他俩到哪儿去了呢？正当古月芬疑惑不解时，已经换了衣服的丽莉走出了更衣室，接着走出来的就是他——古月芬的丈夫。只见他俩泰然自若地走进了更衣室后边的竹林。茂密的竹子生长在一座山坡上，纤细的竹枝在秋风里轻轻摇曳，青青的叶片发出撩人心绪的沙沙声。真会选择地方，我倒要亲眼看看，捉贼要捉赃，捉奸要捉双！不能就这么便宜了他俩，追过去！这是古月芬脑子里出现的第一个本能的反应。她不再躲躲闪闪了。害怕的应该是他们，而不是我，她想。她迈着急促有力的脚步，沿河堤尾随而去。

远远地，古月芬看见丈夫牵着丽莉的手钻进了竹林里。她的视线立刻被密密的竹枝挡住了，急得她紧跑几步，从另一条曲径走进林子，拉开一段距离，目不转睛地盯着他们。此处没有任何人来往，多好的地方！他们是不是常来这里风流？她害怕，她不相信会真有这种事。

在竹林深处，一块幽静的草地上，丈夫和丽莉并肩坐下了。古月芬忽然变得神经质起来，心跳有些过速，似乎出口气也会把五脏六腑带出来。她不能再往前走了，就在干枯的竹叶上坐下。就在这时，那两人左顾右盼，然后紧紧地偎依着躺在如茵的草地上……几只花蝴蝶在头顶上空飞来飞去——真像窗花儿，好看极了。

仿佛当头挨了一棒，古月芬浑身战栗，眼冒金花，脑袋嗡嗡作响，痴痴地坐在那里发愣，呆若木鸡，茫然不知所措。她突然感到就要停止呼吸，整个竹林在打转，艳艳的秋阳失去了光辉，高远的天空黯淡昏黄，青翠的竹林顷刻凋零。她的心被刺伤，流血，痛楚难忍。她觉得很冷，微风吹得她浑身发抖。她的眼神是呆滞的，麻木的，茫然的。她意识到自己是生活中的失败者，笼罩在头顶上的是灾难。可她弄不明白，在这样的地方，他俩竟然……她以为自己看错了，要不然就是在做梦。可她又不敢再朝那个方向瞥一眼。蓦地，她双手捂脸，沉痛地啜泣起来，眼泪像小溪一般从指缝里流淌。她再也不能忍受这种侮辱，面容苍白，恍恍惚惚，哭着离开了竹林。古月芬发出了一声尖厉的喊叫："我要告你们！童一文，你这个没良心的东西！"她结婚两年多，头一回这样骂自己的丈夫。她觉得自己现在一切都完了——一个女人深爱的丈夫被另一个女人夺走了，被夺走的不仅是丈夫，同时还有另一个女人——妻子的一颗心哪！此时，她恨那个女人，但她更恨自己的丈夫。

古月芬拖着沉重的脚步，头昏昏地沿着湖堤走回。有时眼前一片漆黑，心里一阵阵地作呕。她感觉自己活像是一个睡在昏暗的梦境中的人，抑或一个没有魂灵的躯壳。她怕极了！

三

脑袋炸裂似的疼痛，几天来，经常是这样的，古月芬不吭一声，也不吃药，只用拳头狠狠捶打自己的脑袋，好像用这种办法可以使疼痛减轻些。告他们去！这种念头一出现，她的脑袋就阵阵发痛，越是痛得厉害，向报社领导告发丽莉和童一文的丑事的愿望便越发强烈，脸上常常浮现出坚毅的表情。

然而，究竟是告发的好，还是不告发的好呢？古月芬前思后想，拿不定主意，也无法去和别人商量。要是真的去告发，他俩会承认吗？不会的。那样，丈夫要问我"有谁做证”，丽莉要骂我“这是诬陷”。我该怎么办？想到这里，她转而痛责自己生来似乎就是一个受人欺凌的主儿。她坐在床沿上不由自主地啜泣起来。每当她鼓起勇气想去告发的时候，突然间又会回想起与丈夫的旧情。三年前，当她成为市纺织系统先进生产者，而遭受少数同行的嫉妒和个别领导的刁难、迫害之际，年轻的政法记者童一文不怕恫吓，担风险，排阻力，为她仗义执言，在市报上宣传了她的事迹。古月芬打起精神，抹了把眼泪回忆着这件事。不知道是出于感激还是爱情，他从此就闯进了她的生活之中，他们很快成为一对恋人，一年之后结了婚。尽管在恋爱过程中也闹过几次矛盾，差点儿“吹灯”，但毕竟还是结了婚。应该说，婚后的生活还是和谐、美满的，只是最近一年多来，她常在丈夫面前发一些无名之火，过后静下心来一想，常常又后悔得不行，就会在丈夫跟前又哭又笑，赔礼道歉。她时常像个做错了事的孩子噘起温柔的小嘴巴，在丈夫的脸上亲着，用虔诚的、温和的、略有些可怜的声调哀求道：“别生我的气嘛，我不好，好了吧？”刚开始，丈夫总是对她可爱地微微一笑，依然甜甜蜜蜜。特别是在与她温存时，他表现得还是那样的专心、癫狂，犹如蜜月之中，这使她激动不已。可是，久而久之，丈夫对她那动辄发脾气的毛病怀有一种神秘的憎恨，感情上慢慢地起了变化，也开始对她发火了，并且伴着摔摔打打。但是，她并没有对他显露出多么大的恶感。只是两人在一起时不像从前那么爱说爱笑了，似乎各自都有做不完的事情。偶尔，他主动想跟她说说话，她不是回答“知道了”，就是皱皱眉头:“让我安静一会儿。”渐渐地，持久的冷战出现了，而夫妻俩好像也习惯了这样的家庭生活。不过，到了晚上，两人上了床，当他躺在体态匀称、面容娇媚的妻子旁，感觉到她身体的温热，他也会情不自禁地伸出胳膊想搂抱她那赤裸的光滑的肩膀。而她却会从他的身边退开一点，冷漠地望望他:“算了，我很累，没有一点情绪。”有时，经过一阵厮打，她很不情愿地顺从了，嘴里却不停地说:“你真自私，自私！轻点儿!”而他呢，匆匆忙忙，大汗淋漓，并没有享受到什么乐趣，因为他体会不到这是充满青春活力的妻子，倒似一具木乃伊。渐渐地，互相都产生了对做“这种事”的冷漠感。

古月芬认真反省自己:丈夫在生活中出了问题，做妻子的难道就没有什么可指责的吗？她感到有些内疚，好像做错了事的不是丈夫，而是自己。她用双手轻轻地在太阳穴上摩挲着，心里又愤愤地想:即使我不是一个贤妻，可他也不该在外头搞破鞋哇！血涌头顶，她觉得这口怨气实在难以咽下。“要是再见到他同那个臭婊子在一起鬼混，非拿刀子捅了他俩不可!”她横下了一条心，用仇恨的目光盯着写字台玻璃板下丈夫的正在微笑的彩色照片，怒不可遏地自语道。因为愤怒，她那两道细眉倒竖着，乌黑的秀发零乱地披散开，端庄秀丽的脸庞布满了愁云，流线形的双眼皮下的一对眼睛流露出呆滞的目光。这目光又移到照片上，她觉得好像从未跟他一起生活过。照片上的人是个伪君子，不是从前的童一文。照片只复印了他俊美的外表，并不能从骨子里看出他丑恶的心灵。古月芬极为痛苦，身子发僵，真想痛哭一场。她突然想到丈夫书柜里藏着的那个圆尖状的小东西，心里始终搞不清，为什么他心情郁闷时就拿出它来端详，越端详他的心情就越加郁闷？她想弄个明白。于是，走到书柜前翻了半天，却没有找着那个谜一样的小东西，很失望。

最使古月芬受不了的还有丈夫的态度。他压根儿就没有感觉到有什么使自己烦恼的事，不怒也不笑，照常吃得香睡得好，跟什么事也没发生过一样，有时还能对她说些体贴的话，诸如“月芬，早晨凉，多穿件衣服吧”“你身体见虚，多花几个钱没事，注意调剂好营养”“科学家说，吃饭、睡觉和工作，三者同等重要，而且前两者尤不可缺，芬，下了夜班少做些家务，要休息好啊”……听听，衣食住行，有多么体贴入微！这种话要在往日听来，她会立刻从心底涌流出无限爱恋缠绵之情，而现在她则生厌了，认为他虚情假意，是在从感情上折磨自己，地道的“阴谋与爱情”。

不过，童一文好像对她爱得很深。她的确也值得爱。在工厂，她连年是先进；在家里，她很会操持家务。她年轻俊俏，若稍事修饰，更是楚楚动人。这种女人像团火，男人是块冰在她的怀抱中也会被融化的。他对她表白过多少回：“除了爱你，就是爱本职工作。”她听了，流露出异常兴奋的情绪，笑着回答：“我也一样，亲爱的！”其实，她根本不相信他的话。事实也如此，就在他对她说那些甜言蜜语的日子里，古月芬有一次上班，因东西落在家，中途返回，却发现他把丽莉带到家里幽会，还装正经坐在一起写稿哩。哼，骗谁呀！她暗暗思量：想存心欺骗我？没门儿！哼，骑驴看唱本——走着瞧吧！

怎么办呢？古月芬前思后想，找来许多有关的法律知识研读，在精神上经过了一番痛苦的挣扎之后，她冷静了，终于从怅惘、郁闷、悲伤、绝望中解脱，脸上堆满了一种神秘的、奇特的笑容。她独自对着床前的镜子，爆发出一种非常特别的笑声。在这笑声中带有无情的、嘲弄人的、得意的胜利者的味道。大概是她悲怆至极后又无比兴奋的缘故，她的脸抽搐着，仿佛要昏倒了。她在屋内转来转去，终于拿定主意不跟丈夫大吵大闹。

四

秋风卷起落叶、碎纸屑在马路边转圈儿，蓝湛湛的天空，倏忽间变得一片昏暗，大块大块的云在空中滚动，看样子快下雨了。灰暗覆盖了一切。街道上的行人显得慌慌张张，都在奔跑着寻找处所躲避瞬息将至的秋雨。

古月芬刚跳下车，大雨瓢泼似的从她头顶浇了下来，路边仅有的一个小亭子里挤满了老人和抱孩子的妇女，她不便去凑这份热闹，索性冒雨往家赶。没走多远，她浑身上下就被雨淋得像个落汤鸡。她回到家，走进伙房洗脸间擦干脸上的雨水，抬起胳膊看看表，正是六点半。她急忙奔下楼，给报社打了个电话，一问才知道丈夫已经下班回家。她放下电话，跑上楼，进屋连湿衣服也没有顾得上换，披上雨衣，挟把雨伞，返身奔下楼梯，向附近的车站走去。

秋雨是凉的，她身上打着冷战。

天空乌云密布，风卷着雨，雨裹着风，越下越急。一辆公共汽车突然开进了站，许多乘客蜂拥而上，车厢里挤得满满的，售票员费了好大的劲才将车门关上。汽车呼地开走了，候车亭子里只剩下一名乘客，面对雨帘发愣，两只脚在原地倒腾着，站也不是坐也不是，显得很不耐烦。古月芬踩着哗哗的流水走过去，他也没有发现。她用胳膊肘儿碰了他一下，把雨伞送到他手上，因为受了凉，打了个喷嚏，却没有说话。

“是你？”他吃了一惊。接过用惯了的雨伞，听出了熟悉的声音，却没有看清楚她的脸，他便撑起雨伞走进了风雨中。她跟随在他的身后，默默无言，眉头微微紧蹙。他有一张英俊的脸，但很严肃；而正因为严肃，更增添了他脸庞的英俊。

她的个子比他略矮些，两双脚在泥水中走得匆忙、急促。

“等等，我来打伞吧！”她紧追两步，声音温柔悦耳。

他犹豫了一下，对她的这一举动不太理解。但他还是把雨伞递给了她，随口问道：“月芬，你怎么知道我会在这个时候回来？”

她默不作声，扭过头，目光遇到了他多疑的黑亮的眼睛，脸变得通红。她尽量把举伞的胳膊向他伸过去，而让雨水淋着自己的半边身子，目光紧紧盯住他的脸，不知道该怎么回答他才好，显得局促不安。

他不知道她到底这样做是为了什么，这在过去是没有过的，便又陷入了沉默之中。

秋雨淅淅沥沥地下个不停，雨点“啪啪”地敲击着伞面，同时也在敲击着她和他的心。

回到家，古月芬端来半盆热水，又把毛巾、香皂递到丈夫的手上，抬起眼睛，细声细语地说：“洗一洗，湿衣服换了，别着凉伤了身子。”话语中满含柔情。

他转过身，瞟了她一眼：“谢谢，我自己来吧。”

当他洗擦完，换上一身舒适的衣裳，点燃一支烟，横躺在沙发里悠然地抽着，古月芬已经麻利地将饭菜做好，端上桌，洗了一个高脚玻璃杯，摆在丈夫的面前，开启一瓶“燕岭春”，斟满杯，温情脉脉地对他说：“喝两盅，酒能驱寒、活血，暖暖身子。喝，喝完了我再给你倒。”

他用一双缺光少彩的眼睛瞥了瞥摆在面前的杯子，清香的美酒在杯子里晃荡着，他不由纳起闷来：过去为喝酒的事，斗嘴、怄气、摔酒瓶；买几本文学书，她埋怨花这种冤枉钱，不值得；朋友到了家，她摔摔打打给人家脸色看；对公婆冷若冰霜，对娘家人却关怀备至……她什么事没干过？今天太阳真的从西边出来了，她不但亲自买酒，还亲手为我斟酒，其中必有奥妙。有什么奥妙？难道她已经觉察到我的隐私不成？他知道平时她嘴巴是挺硬的，也很大度：“嘁，你有本事，找哪个女人睡觉我都不干涉。”这话得反过来听，女人的心哪！若真的让她发现有“那种事”，她还不和我闹翻了天？这么一想，他也就放心多了，甚至暗暗责怪自己新闻记者的脑袋，总是那么敏感。他端起杯子，一仰脖，八钱的杯子一口就下去了一半。嗐，这种事，迟早会被她知道，纸里哪能包住火，还不如……他心里又烦闷起来。坦诚的人，不一定做的都是坦诚的事，连两口子也一样，都有一个谜。生活本身就是一个谜。喝完，斟满，再喝，一连四杯下肚，他脸红耳热心发烧，只觉得头重脚轻，心烦意乱，舌根僵直，云遮雾罩。

古月芬见状，赶紧过来相劝："明天再喝，喝醉了自己有多遭罪呀……"

"哼！醉？谁……醉……了？"他噌地站起身，瞪着红红的两眼，举起杯子，使劲一掷，"当"地摔得粉碎。他踉踉跄跄走到书柜前，伸手从中摸出那个圆尖状的小东西，晃晃悠悠递到她的手上："看、看看、吧！说我遭、遭罪？嘿嘿，是遭……罪，像……不像它？不像它？我、我……"话没说完，一头倒在沙发上，立刻响起了呼噜声。以酒浇愁愁更愁，他醉了，是真醉。

古月芬把他扶上床睡下，坐在台灯前凝视着她早就想看的这个圆尖状小东西。它的样子很平常，是一个呈圆锥形的壳儿，纹路一圈一圈向右旋。她不看是个谜，看了更是一个谜。它到底是什么小怪物，使丈夫对它有一种特殊的反应呢？她如堕五里雾中。夜里，她病了，先是发冷，后是发烧，接着做了一个可怕的梦。她梦见自己走在山涧的独木桥上，桥身摇摇晃晃，她失去了平衡，一脚踏空，摔了下去，掉进深渊，窒息得透不过气来。她捶胸顿足，拼命挣扎了好一会儿，才抓住一把野藤爬上了小桥，四下张望一眼，发觉自己还活着，大吃一惊，醒来了。她摸摸睡衣，全被汗湿了。

五

一抹曙光透过蓝色窗帘照进屋里，童一文翻了个身，揉揉蒙眬的醉眼。他从枕头下摸出“双狮”表，差五分七点，一骨碌翻身坐起，头晕脑涨的，大概是酒精的作用吧。他真想躺倒再睡他一个上午，无奈有一篇急稿要发，只好撑着起了床。他头一件事，就是从写字台上找到那个圆尖状的小东西，皱皱眉，又放进了书柜里。

“给，喝，醒醒酒。”古月芬捧着一杯热茶站在他的面前，柔声地说。

他接过杯子，抿了口，热热的、香香的、甜甜的、酸酸的，生津、提神、止渴、解酒。这茶是用山楂片、白糖和茉莉花茶叶混合泡成的。心真细，想得有多周到！他大口大口地喝着，心里想。喝完，顿觉神清气爽，不由涌出一丝温柔、感激之情。他抬起头，凝望着她，猛一下愣住了神儿，一夜间，她怎么变得如此憔悴？随口问道：“你病了？”

她含着笑，摇摇头：“没有。”她偷偷地瞟了他一眼，“昨晚睡得不好？”

“不，”他茶杯放在手中转动着，转过身望着她，脸上流露出一丝古怪的笑容，说，“经常失眠，不过习惯了，也许以后会好起来，睡得舒服的。要是我舒服了，你也会觉得舒服吗？”

“哪里话呢！”古月芬和所有女人一样，他的愉快、健康、舒服，显然是这个家庭幸福的源泉。她从他手里接过茶杯，帮他轻轻地用指头理了理乱发，嘱咐道："洗脸吧，牛奶煮好了，在炉子上。"

他说："你喝。"

"我喝过了。"

他喝完奶，夹起采访用的"经理包"准备上班。

"晚上回家吃饭吗？"她追到门外，面带微笑问。

"回家。"

"想吃什么？"

"随便。"

在她转回身的一瞬间，他看到了她那双满含忧伤、悲悲戚戚又带几分柔情的眼睛，犹如两泓深潭，有许多不可捉摸的情绪，心头顿起疑云：她为什么变得这么温柔了呢？她曾经让我在精神上付出过太大的代价。我在她身上所用的精力够多了，甚至连在采访、写稿时都会经常想着对付她那些无名火的办法。是不是苦水喝多了，连真的得到了蜜糖也不觉得甜哪？不，不！为了后半生能过得自由一些、幸福一些，还能为了一个女人失去另一个所爱的女人吗？唉，不能顾忌那么多了。他走出了门，还在思索：爱情，即使是充满了气恨的爱，也不能像以往那样被束缚、受折磨呀。当然，他知道她也需要他，他希望有这种需要。可是，她为什么常常表现出对我好像可以不需要呢？这就是"同床异梦"吗？不，不能怪她。他想，是怪自己不爱她了，感情上有了裂缝，怎么看对方都觉得不顺眼，应该同她分手了，现在还不算晚。可他又心中难受，有一种重负压在胸口上，使他喘不过气来。他不敢再想了，像要得到解脱似的，沿着走廊走了。

当他走下了楼，她回到屋里，关上门，病体难支，一头倒在床上，脸埋在枕头里哭了。从昨晚上到现在，她滴水没沾牙，非但得不到丈夫的照料，还要装得跟没事一样强颜欢笑伺候好他。而他呢，却把心思用在那个丽莉小妖精的身上。这过的到底是什么日子啊！她清楚，他已经不把她放在眼里，好像根本没有她这个人，她除了能惹他生厌之外，在他眼里简直毫无价值了。她在床上躺了好长时间，心情还是平静不下来。她啼哭不止，鼻子抽搐。离婚吗？离婚后自己得到的将会是什么？名声？尊严？幸福？她似乎找不到任何答案。她很清楚，他现在已经并不喜欢自己，因为过去曾经常为点儿小事使他烦恼，也算是自作自受。眼下，当她回忆丈夫从别的女人那儿得到快乐的情景，她不再愤恨，却也不愿向任何人吐露一丝心中的烦恼。但是，她担心丈夫会不会把自己的忍耐、宽容看作是软弱无能，甚至是一种懦弱的讨好呢？随便他怎么想好了！她用手绢捏住鼻子擤了一下，然后擦干眼泪。她觉得自己的眼泪流得够多了，怕已流干了，以后不会再为他流泪的。

六

傍晚，古月芬从床上爬起来，走到窗前，拉开蓝色窗帘，向楼下眺望。她在等丈夫，看他今晚是不是真的回家吃饭。她在窗前一动不动地站了五十多分钟，两腿发麻，眼睛发痴，暮色渐浓，夜幕降临，也没瞧见丈夫的人影儿。她心慌意乱，脑子一转又联想到丽莉，兴许正在什么见不得人的地方向他卖弄风情哩，不禁妒意滋生，神色不安，似乎连呼吸也有些吃力。她甚至痛苦地想到又一次被丈夫愚弄了，立时流露出痴痴发呆的神情。她唯恐这几天自己所用的苦心又白费。可她有决心，不达目的不罢休。她无聊至极，从抽屉里拿出剪刀和粉红色的纸，沉思片刻，咯吱咯吱剪了一幅窗花，贴在窗上，那图案酷似一头愤怒的狮子。

“月芬，吃饭了吗？”童一文走进屋，她一点都没有注意到。

她一惊，瞠目结舌，半晌转惊为喜：“你、你回来啦！你看这个像谁？”古月芬指指刚剪贴的窗花问丈夫。

他真的像在欣赏一幅稀世名作，摆出一副非常认真的样子，看了半天，点头道：“好哇，像你，很像你，一个愤怒的天使。”

“讨厌！一文，你听听音乐，我这就去给你烙葱油饼。对了，先看信，传达室的大爷下午送来的。”

他“噢”了一声，掏出烟，叼在嘴上，没去点火，往沙发上一坐，拆开了信。

一文儿：

你上月初寄来的三百元钱，我和你娘如数收到。你说冬天快到了，这钱是给爹娘添置点棉衣用。孩子，你想得真周全呀！接到钱那天，我跟你娘欢喜得一夜没闭上眼睛。转天，接连赶了几趟县城，扯了床新被面，缝了几件新衣裳，到入土时也够穿够盖了。细想想，当爹娘的心里也不是个滋味儿，这年头，城里人挣俩钱不易，听说出门喝口水都得花钱，开销有多大啊。再说，月芬的身子骨不硬朗，你要多花点儿钱补补她的身子才是……

看到这里，童一文心头一热，恍然大悟，突然间觉得慌乱不安了，声调温和地问道："月芬，上个月你给家寄钱了?"

"趁热吃吧，又脆又香。"古月芬装作没有听见，捧着一盘焦黄飘香的葱油饼，放到他面前的饭桌上。

"你还没有回答我的话呢。"童一文把嘴角的烟放下，重问道，"是你寄的?"

她在围裙上擦擦手，一回头，没有丝毫的虚情假意，用十分平静的声音回答："这个主，我不能做吗?"

"你?"他问。

"我!"她答。

"能做。"他说。

"能做?"她问。

此刻，他心头一热，觉得似有千言万语要向妻子说，但又不知从哪儿说起……

第二天，童一文一上班就把丽莉从办公室里叫出来。“有事?”丽莉眨着两只黑豆似的眼睛，问道，“我要的东西带来了吗?”

“跟我来一下。”他说着拽起她的一只胳膊，走进了社长办公室。社长同几位编辑正在开业务碰头会，见他俩进来，都扭头注视着。社长摘下老花镜，笑呵呵地问：“丽莉，有事吗?”

丽莉冲童一文努努嘴巴：“不知道，是他拉着我来的，我也莫名其妙。”

“哦?”社长笑了。其他编辑也笑了。

童一文悔恨交加，心情十分沉痛地当众宣布：

“一年以前，在我和妻子开始闹矛盾、精神上非常苦闷时，丽莉给了我温暖，我很感激她。因为埋藏在我心底的爱被唤醒了，双方感情都无法控制，理智的界限被冲破，我们发展到长期通奸。我是有妇之夫，她是有夫之妇，我们都是家庭义务的承担者。社会舆论、道德规范、良心的谴责，使我反省着自己，不能再这样生活下去了。我知道这样做，我非常痛苦，丽莉也痛苦，可许多家庭不都同样生活在这种痛苦之中吗？我认了！我愿接受组织上的任何处分……

“……当然我不希望有任何处分。今后我们俩不再有这种关系了……请在座的各位领导做证。”

丽莉万万没有料到他会来这么一招，不免吃了一惊，脸唰的一下红了，一直红到了耳根。当她清醒过来时，却失声痛哭起来："是的，我是有夫之妇。可我的丈夫长着一颗钻钱眼儿的脑袋，除了对当经理赚钱感兴趣外，根本就想不到还有一个年轻的妻子。男人、女人，为什么要结婚组成家庭？因为他（她）要生儿育女，赡养老人，承担社会义务……除此之外，他（她）有七情六欲，还要在精神上、生理上得到慰藉！而我的丈夫，却像一个只会数钱的机器人！去他的吧，让他去跟金钱结婚好了！我讨厌他浑身的铜臭，我是一个活生生的人，不是一根烂木头！我的事他知道，却睁一只眼闭一只眼。为保全名誉，我要跟他离婚，他好赖不干，说找个漂亮的娘儿们当个花瓶儿就行了。受够了！我就是要这样做，我要寻找我的爱。当我需要爱而得不到爱，我就没法活！

"童一文，好一个伪君子！你说我是你幸福的泉，可你为什么又要用这种卑鄙手段甩了我？你不爱我，我还会去爱别的人，爱一个真心爱我的人，我需要爱情，我就是我！……"

听了丽莉的哭诉，童一文被震撼了，良心受到了巨大的谴责：真正的爱是神圣的，而自己却亵渎了它！他狠狠地捶着胸口，惊醒了，原来是做了一个梦。

"梦和现实是相反的"，但愿这话是真的，他想。

早晨，古月芬给他端来洗脸水，见他低垂着脑袋，忧心忡忡，不解地问："又遇不顺心的事了？"

他摇了摇头。

"给二位老人寄钱，没跟你商量，生我的气了？"

“不。月芬，我有罪，对不起你，我……”他终于鼓起勇气，突然抬起头，两眼睁得大大的，一副痛悔的神态，要说出一切以求得妻子的宽恕。

“一文，你不用说了。”古月芬一撒手，脸盆“哐当”一声掉在地上。她声音颤抖地说：“我都知道了！”

他猛地向后退了两步，眼睛瞪得圆圆的，感到非常意外，惊疑地问：“那你怎么不说、不闹，还对我这么好呢？”

“对你这么好？哼哼，你、你总算亲口招认了！你跟小骚货在野鸭湖竹林里干过什么好事情了？！”

“这，你怎么知道？”

“别问。有没有？”

“没有！”童一文想矢口否认，但他此刻连说谎的勇气也没有了，只好硬着头皮承认，“有。”

“缺你们童家八辈子的德！”古月芬脸上的表情由白变红，由红变青，又由青变白，颈子上的细细的青筋都暴出来了。猛然，她真变成了一头愤怒的狮子，伸出发抖的右手，啪！啪！左右开弓，在他的脸上打了两个响亮的耳光。她两眼喷着怒火，阴森森地惨笑着，这笑声不是从嘴巴，而是从鼻腔里发出来的。她用突然变得像以往发怒时一样喑哑的声调一字一顿地咬牙吼叫：“老——娘——跟——你——没——完！你做的——好事——该报了！”

童一文愣了神儿。片刻后，他走到书柜前，摸出那个圆尖状的小东西，在古月芬眼前晃了一晃，不无怨愤地说：“咱俩结婚后，我为了事业上的成功、家庭生活的幸福，拼死拼活地干。可是，近一年多来，只要从外头一回到这个家，就像钻进了蜗牛壳，没有一点儿情绪，我受够了！”说着，他一抬胳膊将那个圆尖状的小东西摔得粉碎，拉开门，头也不回地向楼下走去……

呵，艳艳的秋阳，外边的天气真好。

（原载《青年文学家》1986 年 9 期）

远亲不如近邻

“派我去深入虎穴呀”

大凡要结婚的年轻人，心里的喜悦、兴奋，恐怕是每一个过来人所共知的。但也不尽然，拿我来说，就在做新郎的头一天还是心中苦闷，脸挂愁云。为啥？新房呗。

大城市里住房向来紧张。做快乐的单身汉时，我住在四人一间的集体宿舍，这马上要结婚了，总不能带着新婚的爱人再去住集体宿舍吧！于是，我就找领导，千方百计地想找间新房。没料想，这事儿向领导一说就成，回答我新房是有的，就不知道我有没有胆量去住。笑话，共产党员，军队干部，身强力壮，天生的无神论者，问我敢不敢住，这话是打哪儿说起呢？领导见我不以为然，便说：“那好，六号楼五门一层一单元里有一间房，你去住吧。”他说完又忙补充了一句，“十八平方，不算小了。只是多注意点儿邻居关系就行了。”

天哪！让我去住那间房？我踌躇了。憋了老半天，我冒出了一句话："您这是派我去深入虎穴呀?"

听了我的问话，领导"扑哧"一下乐了："怎么能这样说呢，事在人为，关系是相互处出来的嘛。其实，牛兰同志本质上还是好的，不能把她看死了，你说是不是呢?"

"是，不错。牛兰本质好，贫下中农出身，农村里长大，有劳动人民的感情，领导看问题当然很全面!"我一肚子火气，正话反话，都从嘴巴里冒了出来，"她在咱大院是有名的母老虎、泼妇，听说从那间房里被她'咬'走的前后就有三家。我这一去，恐怕会成为第四家的。"

领导看我不想去，也很为难，说："吴嵩同志，你明天就要结婚，别处确实也找不到房子，你看怎么办呢?还是先将就将就，尽量和她搞好关系，她毕竟是我们的同志嘛。等以后有了房子再调整一下，当然是指万一关系破裂的话。"

一听这话，我就不寒而栗。说真的，牛兰这个女人我早有耳闻，关于她的逸事，足可以写本"恨林广记"。头一家邻居搬进去不到三个月，有一回，牛兰硬是嫌人家的老人在厕所里拉的大便太臭，污染了整个单元的空气，从此见了老人就吹胡子瞪眼，争吵个没完，气得这一家一走了之。第二家来了，大概住了不够九十天，一天中午，这家的孩子刚上完厕所，牛兰便进去检查，发现地上有几滴尿，她破口大骂这孩子小小年纪就要流氓，闹得不可开交，人家只好再搬走。第三家可是接受了前人的教训，全家人克服一切困难，不在单元厕所大小便，孩子使用尿盆，大人到半里路之遥的公厕，这一下使得牛兰很满意。可是，维持了不到半年的现状，问题又来了。有一个星期天，这一家在厨房里油炸带鱼，牛兰过后硬找人家赔偿她的损失费。一问才知道，她说炸带鱼的腥臭熏得她三天没能上班，工资加奖金，整二十元。嗐，这都叫什么事呢！

不过，人到屋檐下，不得不低头。明天结婚，喜上眉梢，不能为了房子跟我的那位新娘子分崩离析呀。领导说得很清楚，先将就将就，等有了房子还可以考虑再调整嘛。我把这事儿向我那位一解释，她瞟了我一眼：

“讨厌死了，甭给我絮叨，总比住防震棚强吧。”

听听，多通情达理！我情不自禁地在她脸上“叭”地来了个带响的：“晓华，你真好，也算我慧眼识珠啊！”

“去去！”

当晚，晓华的医院来了几位未来的新娘，加上鄙人几个同一战壕的战友，双方男女混合编队，十几个人披星戴月，将我俩所有结婚用具，抬的抬，搬的搬，浩浩荡荡地开进了新房。全体参战，各尽所能，写画洗擦，连门窗上两个大红“囍”字也没忘了剪贴。不到十点半钟，新房布置停当。

当我们正在忙得不亦乐乎，还甭说，牛兰亲自率领着她的十五岁的女儿苑苑，端来飘香的茶水，殷勤地款待我的客人们。

“牛大姐，刚来就给您添麻烦，真过意不去。”晓华何时学会的外交辞令？我瞅着她甜甜的脸颊，好像哥伦布发现了新大陆。

“得，远亲不如近邻，客气什么呀？”牛兰笑得十分自然，回答得一点不做作，友好且真挚。

怀着敬畏各半的心理，我注视着她，很想从她身上发现一点与平日传闻相像的特征。她四十岁上下，中等个头，体态匀称，衣着合身而整洁。瓜子形的脸上，白里透出微红，一看就知她平时是很注意保养的。从女儿苑苑的长相可以看出她的影子，牛兰在年轻时候一定是个相当漂亮的姑娘。虽然眼前徐娘半老，但风韵犹存。为人也挺热情的。像演员亮相，牛兰给我的第一个印象，就把我思想上早就筑起的畏惧的防线摧垮了——至少她并不像凶神恶煞的母老虎。

她面对晓华和我嘻嘻地笑笑："虽说两家住一个单元不大方便，倒也挺热闹，只要你们小两口儿风格高，不讨嫌咱'女儿国'……"

厉害！我听出了她话中有话，便也来了个以攻为守："哪里哪里，您是老大姐，遇事还求多加包涵，还望多给方便。哈哈，哈哈哈！"

帮我布置新房的傻哥傻妹们站在一旁，喝着她沏的香茶，也都跟着大笑起来。

怪事，阴差阳错

从此，我们两家，四个半人（牛兰的丈夫叶亦环在郊区工作，每周只回家一次，故算半人），开始结成了低头不见抬头见的邻里关系。为了不再重蹈覆辙，从住进来第一天起，我和妻子就来了个"约法三章"：

第一，见了叶家全体成员，如同见到外宾，要主动打招呼，尤其见到牛兰，更要热情礼貌；

第二，厨房（仅有一个水龙头）、厕所，只要叶家的人占用，非但不争，连稍有不耐烦的意思也不可流露，倘若是我们先占用，必须在最短的时间内撤出，立即礼让；

第三，发挥晓华的特长，凡叶家的常用药品，必给备齐，凡叶家常见病、多发病（牛兰心脏不正常、苑苑爱痛经），随叫随到，协助治疗。

我和晓华遵章守法，照此办理，果真立竿见影。三个月过去，两家相安无事，单元里风平浪静，歌舞升平。

过去，为什么总有一些人背后骂人家“母老虎”“泼妇”？这不纯系胡言乱语吗?！由此，我推论从这里搬走的三户人家，肯定是做出了什么对不起叶家的事情，绝对！耳听为虚，眼见为实，多好的牛兰姐啊！常言道，文贵曲，人贵直，我应该向领导和同志们反映反映与牛兰相处的真实情况，有责任为她正一正名……

万万没有想到，领导听了我的介绍，先是一愣，继而异乎寻常地高兴起来：“好！很好！你用约法三章，处理好邻里关系，非常好嘛!”说着，站起身，在办公桌前来回踱了几步，立即转过身，眉开眼笑地对我说，“不光在邻里间，就是在夫妻间、同志间、亲朋间，也都应该立一立约法相处的章程，有现实意义，值得推广！互相学习、团结友爱，这是我们民族的美德。好啊，我很赞成你的这种精神……”

“不、不!”我涨红了脸，掏出手绢擦着额头上的汗，一叠连声地解释，“谈不上精神，更不值得推广，真的！我、我只不过反映一点真实情况，目的是想为牛兰恢复恢复名誉。千万别、别那样……”急得我都有些语无伦次了。

“吴嵩同志，你的自谦精神是好的，”领导点燃了一支烟，开始吞云吐雾，“但是，像你这类典型推广开来，能够发挥团结同志、推动工作的重要作用，那就是集体的财富嘛。对不对呀，啊？所以不能仅把它看成是个人的事嘛。”

“这个，让我回去……”我很唐突，真不知如何是好，“我，怎么可以成为典型呢？”

“嗬！怎么不可以成为典型呢？还要回家和爱人商量一番，是吗？年轻的气（妻）管炎（严）患者！”领导仰面笑了，把手一挥，“好事情，不必商量了。”

鬼使神差，大会表彰，小会赞扬，逢会必讲。橱窗宣传，红榜留名，谈经验，做报告……我居然成了显赫人物。周围的同志也都突然对我刮目相看。

说真心话，我诚惶诚恐，实在有些招架不住，我真担心再这样下去会大病一场。“做了一点点应该做的事，值得如此张扬吗？笑话！”我实在睡不着，辗转反侧，忍不住跟妻子吹枕头风。

“唉！”晓华长叹一声，伸手从枕头下摸出夜光表，“快一点了，睡吧。”其实，她和我一样，又在床上烙了好长时间的饼。

生米做成了熟饭，糖稀捏成了糖蛋，我本想为牛兰正名，自己反倒成了典型，嗨，怪事，阴差阳错！既然事到如今，只好随遇而安吧——我这么安慰自己，也这么劝导妻子。不过，经过我的游说，牛兰的声誉确实好多了，大院里不再有人骂她泼妇、母老虎。达到了预想的目的，方使我聊以自慰。两家的睦邻关系更加亲密起来。甚至我和晓华有上厕所、下厨房的意思，叶家的人便察言观色，退避三舍，特别注意发扬谦让的精神。铁的事实证明：在一定的条件下，人是可以转变的。

有几回，实在过意不去，晓华恳切地对牛兰说："大姐，你们家太客气了，真让我们难为情……"

"嘿——"牛兰笑得自然，答得真诚，"跟你们小两口儿处邻居，算我苦尽甜来。"

"大姐，瞧你说的!"

可是，我心里仿佛萌发出一种难以形容的滋味儿，就在我成为典型之后，好像单元里的气氛，变得不像以前那么和谐、热烈了。为啥?

"业余侦探"的重要发现

"还笑哩！你闻闻，什么味道?"晚上吃饭，晓华夹了一筷子雪里蕻凑近我的鼻子，"这不是你昨天买的吗?"

"是呀——嗞!"我笑着端起小酒盅，一饮而尽，夹起一粒花生仁儿，"咦，哪来的煤油味儿?"

"问你自己!"晓华噘起嘴，脸一沉，"怕是又看上哪个大姑娘了吧?"

"你……"我一愣神儿，送进嘴的花生米掉了下来，"胡说些什么呀?"

“那你在菜里下毒，想药死我呀？”

“别逗了，”我如释重负，笑了，又仰脖喝了一盅，“肯定是服务社的问题，不像话！”

第二天，我正式向服务社主任提出抗议：“假如中毒身亡，一切后果由你们承担！”

“对不起，对不起！”老主任点头哈腰直赔不是，立即组织人马对当时买了雪里蕻的顾客进行了家访。调查结果，所卖之菜，毫无问题。“小吴，你应该上医院检查一下，是不是味觉神经出了毛病？”

老主任跟我开了一个不大不小的玩笑，弄得我很狼狈，只好赔礼道歉，脑袋跟捣蒜差不多：“是的是的，好的好的，应该检查。我的抗议照会收回，嘿嘿嘿！”转身溜之大吉，老远还能听到老主任和他的几位女将们（售货员）传来的斥责笑声：

“不赔偿名誉损失，就跟他没完！哈哈！哈哈哈！”

几天来，我一直感到纳闷：煤油也不长腿，怎么会跑进菜里去的呢？这件事，晓华像是已经忘掉了，再没有在我面前提过。倒是我无意中发现一个秘密：厨房里，凡是放米面油盐的抽屉、柜子，她都上了锁。哎呀，这可不好，单元里只住两家人，把那些并不值钱的小东西都上了锁，这不是明显地不信任人家吗？上一把锁，就等于在两家人中间垒了一堵墙；再说，过去就没有上过锁，什么东西不是也没丢吗。

“得把锁取下。”我把想法同妻子一说，她撇了撇嘴：

“你不是说，害人之心不可有，防人之心不可无吗？我就是遵照‘您’的指示办的。”

“你是断章取义，”我把她往门外边拥，“乱弹琴！去，取下来。”

“我就是为了气气她！”晓华嘴上这么说，还是到厨房把几把锁全部取了下来。

星期六晚上，叶亦环回家，我见他骑的自行车放在楼门过道，触景生情，突然心头一怔：这车是上星期天刚用煤油擦洗过，新的似的……煤油……雪里蕻……放在一起联想，立即引起我的警觉，使我产生了一定要弄个水落石出的念头。

趁叶家无人之际，我戴上手套（从电影上学的，为了不留痕迹），对厨房堆放杂物的地方进行了仔细勘察，翻箱倒柜，终于在叶家放煤气罐的墙旮旯里，寻找到一个玻璃瓶子，拧开盖，一股浓烈的煤油味儿扑进鼻腔，瓶口上粘着两片指甲盖大小的干菜叶……啊！我想起来了，那天，我买回雪里蕻后，洗净挤干，摆在案板上……没错！“业余侦探”的重要发现，我没敢向晓华透露，怕引起两家矛盾公开激化。再说，人家毕竟没有亲口招认，可不能捕风捉影啊。不过，我心中对牛兰一家的警惕和憎恨情绪，却与日俱增。

把她拉过来

“因为住房紧张或人为噪音扰民而引起的邻里之间的纠纷，好像是现代都市的流行病。可别小看了这种病，它对安定团结、四化建设是有直接影响啊!”在课间休息时，领导走进我的办公室，兴致勃勃地说，“拨亮一盏灯，照红一大片！小吴呀，牛兰这个流行病患者，让你夫妇二人硬是给治好了，把她拉了过来。所以，在你们的影响下，大院里模范夫妻、和睦家庭、友好邻居真像雨后春笋。并不是我夸海口，要是在全国城乡逐步根治了这种流行病，那真是具有伟大的现实意义和深远的历史意义的。再往深里说，团结好风气正，人心齐泰山移嘛，现代化建设的步子都会迈得更快些!”

本来，我很想趁机把“煤油事件”向他讲一讲，让他了解事情真相，一来希望他在适当时机向牛兰敲一敲边鼓，以免再次发生此类事件；二来即使在某一天同牛兰闹翻，他也不会觉得突然，我是有言在先的。但是，听话听声，锣鼓听音，现在显然是不合时宜了，因此，话到嘴边上我又咽进了肚里——领导的话非常有道理，不应该说那些事让他扫兴。要照顾大局，个人就得受点委屈，谁让自己当初心甘情愿地举起拳头宣誓入党的哩。

哪料想，一波未平，一波又起。中午，我下班回家，一推门，见到晓华正背靠写字台大喘气，满脸通红，秀眉倒立，吓得我魂不附体，一个箭步冲过去，双手扶住她因喘息而一耸一耸的肩头：“呀！病了？是不是……”

“病了！死了！你别管!”晓华声泪俱下，仿佛受到了莫大的委屈，“欺人太甚！这日子没法过了……呜呜……”

从恋爱到结婚，至今没见她发过脾气，而且会发这么大的脾气——环境改变了她的性格，不是吗？她刚才的话，让我丈二和尚摸不着头脑："有什么事，不会好好说吗?"我的声音很轻，生怕把她吓着。

她把手朝厨房一指："没长眼，自己看去!"声音低多了，气也不像我进屋时那么大了。看来一个人的情绪在特定情况下，是能够对另外一个人产生很大影响的。随着她的手势，我的心咯噔一下，急忙冲向厨房，两只脚像钉子一样钉在了门口，愣住了：前天中午，我从煤场买了一百五十块蜂窝煤，整整齐齐地堆放在北面的窗台下，水漫金山寺，全都泡了汤，煤块自动解体，成了碎渣子。我顿时怒火中烧，气得大吼起来："谁干的，谁干的?真他妈缺德!"

"哟!大典型同志，张口就骂人可不文明哟!"牛兰从屋里摇摇摆摆地走出来，嘴里嗑着瓜子，满脸堆笑，"苑苑给花盆浇水，多浇了点儿，顺窗台流到了你们家的煤块上，嘻嘻!这孩子不懂事，实在对不起，我们赔钱还不成?"鬼话!谁相信!我憋了一肚子的火，抬头看看窗台，可不，两盆米兰、一盆月季和一盆倒挂金钟，长得青翠欲滴，十分可爱，我的火气也就消去不少："牛大姐，往常浇花，你们都把花盆放在水池前，今天怎么又放窗台上呢?"

"要不说苑苑这孩子不懂事哩。嘻嘻，我给你赔钱，一定赔钱。"

"钱、钱!"我厌恶地瞪了她一眼，"我们就缺你赔那几个钱吗?!"

"嗬!小吴，你想叫我怎么办?已经给你家大夫赔了礼，难道还要苑苑给你两口子跪下磕响头不成?好，磕!

苑苑，过来!"

"少来这一套!"我一甩手回到了自己的屋，"无理取闹，少见!"

"有理讲理，溜掉干什么？孬种!"牛兰拽着苑苑的胳膊追到我们屋里，"大典型、大大夫，快高堂上并排儿坐好，我们娘儿俩给赔罪来了。苑苑，死丫头，跪下！快给我跪下!"

"妈!"苑苑毕竟是个懂事的大姑娘了，羞得满脸通红，"您干什么呀？不，我就不!"

"大姐，牛大姐!"晓华忙走上前，含笑搂住苑苑，"拿孩子出什么气呀，别这样！苑苑，快回家去吧!"

"家里没男人，就会被人欺，哼!"牛兰一跺脚，转身跟在苑苑的屁股后头出了门。

晓华"砰"地将门关上，回身扑在床上，把脸埋进枕头里，无声地哭了起来。

"母老虎！泼妇!"我浑身抖如筛糠，听着牛兰出门时留下的怪声怪调，脱口骂了一句。

晓华一个鱼跃跳下床，从门后的脸盆架子上扯下毛巾揩揩脸："找你们领导，告她去!"她声音不高，却非常气愤，简直是怒不可遏。

"回来!"我一听她的话吃了一惊，伸手拽住她的胳膊，向妻子央求道，"哎呀，我的小祖奶奶！你千万别去给领导出难题……"

"那领导也不能见死不救呀！兔子急了还知道咬人呢，"她回头怒视着我，"你连个兔子也不如!"

“冷静一些。人家也不是有意的嘛。闹得满城风雨，多不好。”我这么劝说妻子，平心而论，是违背我自己意愿的。

晓华的怒气更大：“什么不是有意的，我早看出来了，她成心想挤对咱家！你、你是个软骨头！”

“犯不着跟那种人针尖对麦芒。再说，她有缺点，也不能告一状拉倒，咱有责任帮助她嘛。”

“就你革命！”

“嘿嘿，革命何罪之有？娘子息怒——”我突然学着戏台上的京腔，硬是把她拉回到沙发上坐下，给她冲了一杯麦乳精，“有这碗酒垫底，你什么样的酒都可以对付！”

“讨厌！”她含着泪，“噗”的一声笑，嘴里的麦乳精喷了我一身。

男不同女斗

好不容易才使这场纷争偃旗息鼓、鸣金收兵，单元里的气氛宁静得出奇，大概是激战的前夜，特别令人心悸。

两家人如果在什么地方迎面而来，尽量采取迂回战术，能躲则躲，能避则避。实在躲避不开，相互一笑，寒暄之辞，多为老生常谈：“下班啊”“吃了吗”“天气不错”“又刮风了”……如此而已。

单元卫生，也是各家自扫门前雪，不管他人瓦上霜。非但如此，牛兰趁我不备，至少被我发现有四次将她家中扫出的灰尘、头发丝、碎纸屑、瓜子皮等杂物，从门下边的缝隙无偿地输送进寒舍。坏水够多的！我原想以子之矛攻子之盾，用同样方法回敬她，转念一想，堂堂军人，七尺男儿，不能同她一般见识，男不同女斗嘛，忍了。对妻子也没说，没敢说——“兔子急了还知道咬人呢！”——我怕的就是她这个。

而牛兰这个女人，也真不识好歹，得寸进尺，由地下活动转入公开挑战了。早、中、晚，只要我们夫妇在家，牛兰和她的宝贝女儿苑苑，就采用车轮战术，将厨房里的水龙头、厕所这两块阵地全部占领，没完没了地洗，没完没了地拉，弄得我们想洗洗涮涮不行，要上厕所也不行。有一次，我受了点凉，闹肚子，想上厕所进不去，等了四十五分钟，敲了三回厕所门，得到的却是苑苑在里面骂“不要脸”，牛兰在外面大帮腔：“排队买菜，总还有个先来后到哩！”盛怒之下，我脸红脖粗，正要发作，可是话没说出口半句，稀屎却拉了一裆。倒八辈子霉了！换下的内裤，生怕妻子下班回来发现，把火发在牛兰身上，我只好端着盆悄悄到公厕去洗。晾完衣服回来，我便一头倒在床上，生起闷气来。

窝了一肚子火没处发泄，我就到厨房里“乒乒乓乓”摔打起盆盆罐罐。

“哟嗬！旧的不去新的不来，砸碎一个旧世界，再建一个新世界，小吴你说是不是？嘻嘻！”牛兰一边搓洗着毛巾，一边阴阳怪气地说着风凉话。

“哼！”我真是气从心头起，怒向胆边生，也拿不软不硬的话反击她，“是呀，有人在这个世界上好像什么都有，可就是差一样最珍贵的。缺德！”

“缺德？”

“缺德！”

“谁？”

“你！”

“啊？！”

“哈哈！哈哈哈！”我猛然仰起脸，开怀大笑。

“你！你……”牛兰被我气得嘴唇发青，话不成句，捂着胸口回到了自己屋——大概是心脏病犯了，活该！阵地又被我夺回了！

“啪！啪！”我的屁股上结结实实挨了两巴掌，一骨碌翻身坐起，是晓华站在床前：“懒虫！还睡，不吃饭啦？”停了下，她盯住我的脸，疑惑地问，“没和那家闹别扭吧？”

“没、没有。”我揉揉惺忪的双眼，原来洗完裤子回来，又气又困，倒在床上就睡着了，刚才好像是做了一个梦。我忙下床，一边穿鞋一边笑：“嘿嘿！下班啦，你歇着，我去做饭，想吃什么？”

“馄饨。”

“好好，不是一家人不进一家门，我也喜欢。”

“你呀！喏——”她指着门后的饭桌，嗔怒，“快吃吧！”

“做好了？亲爱的，你真好！”我边吃边想，像我们这么一对恩恩爱爱的夫妻，却偏偏遇着这么一家倒霉的邻居，真是脚面上趴着癞蛤蟆——不咬人，硌硬人。人的忍让是有限度的，再这么发展下去怎么得了，我开始盘算着下一步棋的走法……

远亲不如近邻

笃、笃、笃！

晚上七点钟，我和晓华坐在沙发上看电视新闻，忽然听见轻轻的叩门声，我高声喊道："请进！"

一前一后，进来的正是牛兰和苑苑。牛兰进门来，满脸带着羞色，愧疚而又真诚地站在我和晓华的面前，嗫嚅着说："她叔、她姨，我、我和孩子上门来，是、是给你们赔罪的，一定要受我们娘儿俩一拜！"话音未落，母女俩真的"咕咚"一声跪下了。

"牛大姐、苑苑，有话好好说，好好说！"

"大姐，你这是做什么呀？快起身，快起身！"

晓华急忙扶起牛兰，我也伸手拉起苑苑。还没等我反应过来，牛兰已经泪流满面，哽哽咽咽地说开了："过去……跟邻居吵……大院里都……骂我母老虎、泼妇……人要脸，树要皮……不把我当人……我、我也就不……"

"大姐，坐下，慢慢说。"晓华扶牛兰在沙发上坐下，她更泣不成声：

"……我想天底下的人都一样……你们当先进……哼！我就……干出了昧良心的蠢事……你夫妻俩忍啊、让啊……看到人人都不再骂我了……人心都是肉长的……我是缺、缺你们那样的德啊！……我不、不是人！不是人！……”

牛兰边骂边用巴掌扇自己的腮帮子。

晓华一下抓住她的双手：“大姐，别这样！要打就连我一起打吧，啊！”

苑苑也低着头，羞羞答答地说：“叔叔、阿姨，我跟妈学会了使坏，你们打我一顿吧！”

“孩子，知错改错就好，叔叔高兴，”我被这突然出现的场面弄得手足无措，不知如何是好，“叔叔就盼着这一天，叔叔就相信会有这一天！会的，会的，不是真的来了吗？嘿嘿！”

突然，牛兰站起身，从衣兜里掏出一张硬纸卡，递给了晓华：“听说你们早就想弄个煤气罐，这是我今天在单位用我的名字替你们登记了一个，给。”

“谢谢！我的好大姐！”晓华一下扑到牛兰的怀里，说话的声音都变了。

苑苑口里喊着“阿姨”“妈”，也奔了过去。

三个女性，紧紧地拥抱在一起。领导的期望，我们的努力，终于实现了。我呆呆地站在一旁，咬着嘴唇，眼前渐渐地模糊、模糊……大颗大颗的泪珠滚落了下来。半晌，晓华用颤抖的双手捧着那张卡片，由衷地道：“大姐，还记得您曾对我们说过的一句话吗？”

牛兰沉吟片刻，重重地点点头：“记得——远亲不如近邻，对不对？”

“对啊，远亲不如近邻！”我和晓华几乎是异口同声地赞叹道。

这时，屋里响起一阵笑声。这笑声，多像电视上正在播唱的《友谊之歌》啊，既和谐又动人。

（原载《滇池》1984 年 11 期）

死　　胎

一

郎中老爹捧着旱烟袋，火早熄灭了，他还是吧嗒吧嗒地吸，在房里团团转悠，不时侧耳听听里屋的动静，焦躁不安。

“唉，你就不晓得快去河沿瞅瞅拴柱，船找到没有……”从里屋传出一声烦乱的、喑哑的老女人的喊叫。

昏黄的油灯，在枣木桌上无力地跳动着昏黄的火苗，灯芯爆着火花，哔、哔、哔、哔地一连爆出四粒灯花儿，郎中老爹脸上露出笑颜。“四花有喜，这该是个给我高家续接香火的男娃。”他心里乐。郎中老爹端到嘴边的烟锅停住了。哔、哔、哔，接连又爆出三粒灯花儿，老爹的心猛地一动，脸色变了，两眼直勾勾地盯住忽闪忽闪的灯火，久久地审视着。“七粒灯花儿，不吉利！……”他不敢往下想了，一屁股歪坐在桌边的竹椅上，一双青筋嶙峋的手攥住烟袋把儿，笃笃笃地敲击着桌腿，斜过身朝里屋瞪了一眼：

“深更半夜，到哪里找船去，喊甚嘛!”

“哎哟——哎哟！疼死我了……啊哟娘呀!”这会儿从里屋传出的声音，是一个女子的哭声，这声音是声嘶力竭的，痛不欲生的，真可怜。

“杏花儿，忍住点儿，莫吓着肚里的保根。杏花儿，忍、忍住点儿吧。”老女人是婆婆，婆婆轻声劝杏花儿，杏花儿是媳妇，媳妇就要养孩子了。

“娘，哎哟——疼，疼啊!”杏花儿有气无力地喊着，声音顿时轻多了，生怕真吓着了肚子里的婴孩哩。

郎中老爹一双混浊的眼睛朝屋外不安而固执地张望着。半晌，摇摇头，站起身来，坐是坐不住了，手里的烟袋锅往桌面上一撂，走了三步，到门后头摘下来桩子上挂的马灯。这马灯是他往日夜里出门给别人家瞧病照亮用的。一扳铁丝簧，咔嗒一声，取下玻璃罩子，就着桌上的油灯点着，重又套上罩，屋里生辉，亮堂许多。他叹口气，冲里屋咳了一声：“看好门。”

“难产哩!”老女人隔着门帘从里屋递出一句话，那意思是催老头子快去快回。

他一手提灯，抬腿出门，站在屋外又回头冲里屋咳了声：“走了。”

村野四周，三面山影，在稀落的星光下像个巨兽张开的大嘴巴，公鸡在啼鸣，此起彼落。残星眨动着疲倦欲睡的眼睛。黑夜敞开了它那厚厚的湿润的被盖，掩住了山的这里那里。一盏灯，忽明忽暗，若隐若现，朝“嘴巴”外游动、游动，一直游向河沿。

那儿传来两人的对话声：

“爹，你来这儿做甚？”

“有船吗？”

“渡口船，上岸返修、修去了。”

“渔船呢？救人如救火，花钱雇呀！”

“全开上、上水赶鱼、鱼汛了。我沿河找了好几里，也不见有个船的影。”

“背时！拴柱，快回，找两人往城里送，快！”声音越来越清晰。

“还不见动静？”

“忍不住，号哩。头胎难养，唉。”

“爹，保不住小的，可要保杏花儿呀！”

“放你娘屁！大人孩儿都保。”

父子俩说着话走进家门。

里屋传出女人的祈祷声：“……仙姑显灵，保佑杏花儿母子平安！”屋角落墙上，楔两根木桩子，托起一块木板，木板上正襟危坐一尊仙姑。这仙姑是用一块花布缝做的外壳，里面填满了破棉花，尺余高，有胳膊有腿儿，双手微合，慈眉善目，跟真人一般。仙姑左右各插一支红蜡烛，面前置一香炉，香炉内香火燃得正旺，老女人双膝跪在草垫上。这草垫约莫二尺见方，是专为求神拜佛精心编织的。老女人双目微闭，念念有词，虔诚地祈祷着。

“娘，她还不顺吗？”拴柱上气不接下气地一头扎进里屋，见女人躺在铺上打滚，面无血色，汗水眼泪盖了满脸，他鼻子一酸，“扑通”跪在妻旁，按住她的一只手，回头向屋角落求仙的老女人哀求道，“娘呀，杏花儿怕不……这怎的好，怎的好哩？”

“船呢？”老女人慢慢睁开凹陷的两眼，抖动着松弛的、桃核般皱皱巴巴的脸。

“没瞅见。”拴柱心情急切，充满恐惧，手好像不听使唤，腿肚子直抽搐。

“没用的货！”她大失所望，“你过来，跪下。”老女人吩咐儿子。

他心里头不情愿，可脸面上又不敢违抗娘，无奈，拖着沉沉的双脚挪过来，按娘的指点，在草垫子的另一头下跪。

老女人说：“娘讲甚，你跟娘讲甚。”

拴柱冲娘点点头。

“仙姑在上——”

“仙姑在上——”

“弟子……”

“娘，这要拜到甚时候仙姑才能保佑杏花儿生养？”拴柱不由轻轻地喊了一声。

“你、你……心不诚，大仙要怪罪的。”老女人朝拴柱后背重重地拍打了一巴掌，“赶紧向仙姑叩头，仙姑息怒，下界拴柱无知，求你老人家宽恕，日后天天给你烧高香！”

拴柱自从生下来，虽然没进过学堂、出过远山，可他常帮爹提药箱给人家瞧病，和山里山外的人有过许多接触，偶尔也到山外的小集镇走走，算得一个见过些世面的人。因此，对娘求仙拜佛做道场，从不放进眼里，自己更无这种兴趣。他真的不明白，娘怎的就那么相信仙姑呢？别瞅仙姑外表倒是挺光亮的，肚子里装塞的还不都是烂棉絮吗？况且那棉絮还是娘从自己不能再穿的旧棉裤上拆下的。凭甚一样的烂棉絮，穿在我拴柱身上一文不值，顶多就御御风寒，到她仙姑身上就显灵了呢？不信。他真正打心眼里信服的还是爹的医术。他忽然急切地说："爹是乡医，就让爹……"

"亏你想得出哩。"没等拴柱说完，老女人鼻腔里重重地哼了声。这一声哼，表示了她极大的愤懑。

杏花儿浑身一抽，像被什么东西刺了一下，急切地、疑惑不解地瞅着婆婆气恼的脸。

"这……"拴柱被娘一句话戗得目瞪口呆。他想给娘好好说一说，可又不知道说甚话娘能听得进。大概眼下说甚话，娘也听不进的。

杏花儿两眼痴痴地瞅着黑黑的屋顶，眼睛惊惧地、痛楚地大睁着。她想哭，却不敢哭出声，只能默默地流泪；她想叫，却不敢大声地叫，只能轻轻地哼着。她仰面朝天，全身挺得直直的，两手在被窝里不能自主地按着高高隆起的腹部，慢慢地在上面摸。她觉得这样好过些。过了一会儿，一阵腹动，疼得她像头母兽发出一声喊叫，眼睛转向拴柱："怨你，都怨你！光晓得自己舒坦，哪管人家死活！"

"死心眼！快叫你大表哥、四叔来，抬杏花儿进城。"老女人回转身来，拍打拍打衣襟，拢了拢盖在右眼的一绺乱发。

"怕抬不到城里哩，"拴柱精神颓丧，一脸痛苦的表情，嗫嚅着说，“路多远嘛。”

这是一个偏僻的小山村，叫菱角洼。村子一式茅屋，历经风雨驳蚀，黑的屋盖，黑的墙壁，家家屋顶上竖着一截黢黑的烟囱。生活在这里的村民，连肤色也多像山地般的油黑。村庄的左面、右面、背面都是山，前面是条宽宽的河。出山有条羊肠道，弯弯曲曲四十里，通向一座桥。过了河，一马平川，再二十里地，才是县城。若走水路，乘船摇过河，也是二十里地到县城。不知道从什么时候开始，因为嫌路远，村里很少有人进城赶集的，偶尔要扯布做衣、置办年货，多是腿脚利索的年轻之辈的事情；村上人头疼脑热闹个灾，有郎中老爹，手到病除。故此，这里好像世外桃源，一个僻静、古朴的小山村。

可是，小山村毕竟是存在着，它用自己的肥土沃野、山水资源，繁衍了一代又一代的子民。今天，又一个子民即将问世。不过，依照祖辈遗传下来的习俗，凡是难产儿，都是一个克星，是会给村子带来灾祸的。昔日，哪家媳妇养孩子，碰上克星，再难产也不敢张扬出去。就为这，有几个年轻媳妇送了命。后来，有人悄悄地求郎中老爹接生，郎中老爹行了好事，也从未向外人讲述过，故而全村老人孩子没有不在心里敬重他的。

“拴柱，我……”杏花儿鼻子翕动，呻吟着，两只手紧紧抓住丈夫的左腕，“怕……过不去……”她无力地挣扎、喘息。

“莫乱想，啊！”拴柱额头冒汗，声音颤抖，“我就去找四叔、大表哥来，送你进城，你要挺住，啊！”他手忙脚乱，心神不宁地瞅着女人痛苦的、有些绝望的脸。

“不、不!”杏花儿艰难地摇着头，“不能送……”铺旁亮着一盏微黄的灯光，她两眼紧盯着灯火，仿佛它能减轻她的痛苦，给她带来一线希望。

婆婆俯身安慰着痛苦不堪的媳妇，说话时没有门牙的瘪瘪的嘴总也关不住风：“杏花儿，莫怕，不是娘心狠，自古公爹……祖传家规，不能乱啊。这就送你进城……”婆婆明白媳妇的心事，婆婆另有自己的心事。

“怪我……不好……连累……”杏花儿声音越来越弱，有两滴亮晶晶的泪从眼眶里溢出，停了会儿，一下滑到了耳根后，在脸上留下了两条湿湿的泪痕。这痕多像两条亮亮的箍，又像两条苦涩的河。

“怪你甚，祸根是我，是我。听娘话，偷偷送你进城，没哪个知道，我这就去叫人。”拴柱拽住被头，朝上拉拉，帮杏花儿掖好，用袖头揩揩眼角，蹭蹭鼻子，撩起蓝布门帘出了屋。刚一脚门外一脚门里，瞅见爹提盏马灯趔趔趄趄地回屋，爷儿俩差点撞了个满怀。爹将马灯一晃，发出沉闷的一声喝问：

“哪去?”

“找四叔和大表哥。”

郎中老爹铁青着脸，神情沮丧，怒目圆睁：“回屋!”

进屋后，一口气吹灭了马灯，挂到门后墙的木桩上，随手从背后腰间抽出烟袋锅插入荷包里，按了两下，叼在嘴巴角上，就着桌上的油灯，嘶啦嘶啦吸了几口，然后在桌旁坐下，紧蹙眉头，鼻腔里呼呼喷着两道烟雾和粗气，不说话。

拴柱站在桌前，瞅着爹的脸，右手搓揉着衣襟，两脚在原地不住地倒腾。他从爹的神态，知道没请动四叔和大表哥。他不时朝里屋扭头张望，心里像被猫爪子挠心一样难受。不好的事情，不吉利的事情，背时的事情，哪个愿意沾自己的身哩，人家不愿来帮这个忙，不能怪人家。过去，自己不也遇到过这样的事情吗？因为自己不愿意去帮这种忙，不也有一家的媳妇险些送了命吗？唉，这会儿轮到自己头上了。该！善有善报，恶有恶报。今天，就是报应。拴柱心里想着，不由自主地打了个寒战。

“喊你娘出来。”郎中老爹磕着烟灰，向儿子挥挥手。老女人打里屋出来，一副神情慌乱的样儿，眯起凹陷的眼睛，瘪瘪的嘴巴咕咕唧唧，念念有词：“仙姑保佑，保根回家，保根回家，仙姑保佑……”

郎中老爹放下烟袋，正襟危坐，两只布满血丝的眼睛瞥瞥老伴，又瞅瞅儿子，长叹一声：“都听着，我老郎中一辈子没做过甚亏心事，行医几十年，从阎王爷手里夺回上百条人命，眼前，自家遇到难了，要是按照祖宗遗训，马上高家得断送两条人命。人家怕沾上邪气，怕落下骂名，六亲不认，不肯帮忙朝城里送。”娘儿俩正听下文，老郎中却咽口唾沫，打住了。

“爹，你快拿主意啊！”拴柱跪在地上，两只手抱住嗡嗡作响的脑袋瓜。

老郎中一声不吭，嘶啦嘶啦地吸烟，烟锅头红光一闪一闪，如同熬夜人眨动着的眼睛。

“你怎不讲话?”老女人靠在桌边，催促道。

老郎中烟锅头在桌腿上“嗒嗒”磕了磕，火星灰末乱飞。他还是一句话不说。

本来，拴柱想接着催问，可是，当他瞅见爹这副神态，也不敢多嘴了。

郎中老爹活了这么一大把年纪，从爷爷身上学得一手惊世医道，学到了爷爷高尚的医德。不管春夏秋冬、白天黑夜、风霜雨雪，也不管老人孩子、男人女人、远邻近亲，哪个人有了病，都随叫随到，精心治疗。几十年来，郎中老爹还没有这样被难住过。作为郎中，他有义不容辞的责任，救人如救火；作为公爹，他只有瞪大两只眼睛瞅着……

“娘，拴柱!”杏花儿喊声凄切压抑，像在无望地乞求。拴柱盯着爹，眼里热辣辣像要喷出一团烈火。“爹啊!”拴柱心里大声呐喊。

良久，老郎中终于开了口:“原先想都没想过，我这个当公爹的……可眼前的事不顺当啦……”

老女人一听，差点儿没背过气去。凹陷的两眼蓦地睁开，瘪瘪的嘴巴张得大大的，喉咙眼似乎被一口黏痰堵住，憋了半天才透过气来，脸色青紫地骂道:“老鬼，你讲疯话哩!”

“哎哟——”杏花儿像头绝望的野兽，发出凄惨的呼叫。

公爹——郎中!

儿媳——产妇!

婆婆——祖训！

拴柱——保根！

文明——愚昧！

生——死！

死——生！

听到杏花儿的喊叫，拴柱一惊，预感到不幸马上就要降临，头沉到胸际，跪在娘脚前哀求道："娘，你就让爹救救她和保根吧！要不来不及啦，娘！"

"乱了！要家败啦，乱了！"老女人一屁股坐地，突然呜咽了，痉挛地、怒不可遏地呜咽起来，"那还不如叫我先死，眼不见为净，叫我先死吧！"她突然脑袋捣蒜般在地上磕得咯咯山响，浑身筛糠似的颤抖起来。

"娘，你这做甚哩！"拴柱忙拽她的衣袖。

老女人像个孩子似的往下打坠，不肯离开冰凉的地面，眼睑歪斜。半晌，皱巴巴的脸哆嗦着，冷笑一声说道："混账东西！你莫不是想打死老娘？"说着立刻变得十分惊悚，双手掐拴柱的手腕，指甲剜他的手背，拼命挣扎着喊道，"老娘白养了你，滚远远的，再不想瞅你一眼……"

拴柱紧紧攥住娘的手，眼窝湿了，他只觉得自己的手冰凉。他用冰凉的手拽住娘的胳膊往起拉。

"哎——哟——"杏花儿翻脸向下，把痛苦的歪扯的脸颊埋进花枕头中间，用牙齿狠命地咬它、撕它。

郎中老爹背着两手，在屋里走来走去，气咻咻地自骂："日他娘，哪辈子造的孽，嗐！"

"哎——哟——哟！"又传来杏花儿断续的、绝望的惨叫。这声音，一个使人战栗的女人的声音。拴柱不禁大哭起来："娘，你发发善心，救救杏花儿娘儿俩，儿给你磕响头了！"他果真将脑袋捣地，磕得咕咚咕咚响。

"哼——"老女人从牙缝里透出一声怪叫，便一头撞在墙上，昏了过去。

拴柱哭声戛然而止，慌忙扑向老女人："娘，你醒醒，娘，快醒醒啊……"

郎中老爹在屋里蹀躞着双脚，突然一拍桌子："滚去烧水，拿来我洗手消毒。"他涨红着脸，转身从山墙上取下柳木盒药箱，打开盖，拿出剪、刀、镊、绷带、药水……一应俱全。然后，他捏起一炷香，插进香炉内，点燃，香烟袅袅升起，打着旋儿升向屋顶。他双膝跪地，磕了三下头，作了三个揖，对祖宗牌位默默念叨了一阵，然后起身，拍拍膝上灰尘，做好了一切准备。

这时，拴柱却沉默了。

老郎中回过头，狠狠地瞅了瞅身后的拴柱。

"她、她还会自己生出吗？"拴柱轻轻地、怯怯地问。

老郎中注视着儿子，猛地愤怒起来："老子怎知道！"接着甩手就走。

拴柱瞅这架势，真慌了手脚。一想到女人和女人肚子里的孩子，眼瞅着快没了，一咬牙根："爹，莫走呀！"

"慢！"老女人猛地醒过来了，不，原本她就没有昏过去。她想拿这架势吓唬吓唬自己男人，也吓唬吓唬儿子。没料到，这一招不灵，哪个也没让她吓唬住。她只好翻身坐起，翻箱倒柜，寻觅半天，找到条旧裤子，摇头思忖，又解下腿上的一条黑布腿带儿，“你不能瞅见，不能瞅见哩！”严严实实将郎中老爹的两眼蒙住、扎紧，牵着一只胳膊，摸摸索索领他走进里屋，嘴里喃喃自语，“罪孽，罪孽，菩萨会报应哩！”

郎中老爹万万没有料到，行了几十年的医，甚样人甚样病没有瞅见过？可像今天这般模样给病人瞧病，破天荒头一回，这算他娘的什么事啊！说不出心里是甚滋味。算了，等死吧！只是，一想到死，他又不忍心了，毕竟是自己的亲人，自己的后代，怎能眼睁睁瞅着……他进退两难。郎中老爹突然产生了一个非常奇怪的念头，他哪个人也不怨，只怨自己，怨自己不该是一个瞧病的郎中。不会瞧病，不就甚事情也没有了吗？他甚至怨儿媳不该在这时生养，要是赶在天明河里有船，就好了。越想越气，意欲发作，又转念一想，他宽恕了她。眼前是黑暗的世界，一切都看不见，但也能够想象得出老女人此刻的心境，似乎灯光微微照亮的幽暗的屋角落，正立着一尊大仙，一动不动地盯着这里的一切。他暗自祈求：帮帮我吧，大仙！救人如救火，我老郎中不会心猿意马，不会存有一丝邪念！

离杏花儿越近，老女人浑身颤抖得就越厉害。瞅着杏花儿这样儿，她就想到自己，想到自己生拴柱时的情景。那回也是难产，是老东西把手伸进自己身子里，摸摸捏捏，接出一个哇哇乱叫的娃儿。可那是自己的男人，该。眼下是媳妇，他也一样地伸进手去摸摸捏捏，天老爷呀！一股热血直冲她的头顶。

“走啊！”老郎中一声吼。

他被领到铺边，半蹲半跪在媳妇的脚前，让老女人掀开被头，黑暗中抬起双手，颤颤巍巍地伸进了湿乎乎、腥味扑鼻的被窝里。当他的手触摸在杏花儿身上，她一动未动，已经人事不知……

二

生了，是一个男娃。落地没哭一声，死了，是在娘肚里憋死的，是个死胎。

杏花儿保住了命。杏花儿痛不欲生，说自己是克星，不如死了的好。

死胎？说杏花儿养的孩子是死胎，村上没有人相信是真的。

“郎中老爹一辈子行善事，这种背时的事叫他摊上，哪能呢？菩萨也不答应。”

“多好的杏花儿，脸儿俊俊的，心儿善善的，身儿棒棒的，自打嫁给拴柱，就没瞅见生过病，她要是生死胎，天底下哪还有生活胎的媳妇？”

“不信？真的活着，美还美不够哩，贺喜的人还不踢破门槛儿，哪个人敢编排这种烂舌头根的话呀，疯啦？”

“哪个说不是哩。”

清早，几个女人手里拎着菜篮，蹲山坡的树林子里捡地菜皮。曙色苍茫，晨雾笼罩着睡意朦胧的树枝头，有不少露珠滴滴答答落在草地上，发出细语声，黑黢黢的山野沉浸在寂静与幽暗里。山的那边透出亮亮的光线，延伸到半空中，映现出几片淡淡的美丽的云，看上去天空好像被雨淋湿的淡蓝色的帷幕。女人们喊喊喳喳的谈论声打破了山间早晨的宁静，她们的话题没有离开杏花儿生下的到底是死胎还是活胎。

“难说，”外号“大黄牙”的中年女人，翻开大襟蓝布褂下摆，用指头顶住一块干净处擦擦眼角的眵目糊，“要是假的，高家为甚没人吭气？把胖小子抱门外，叫大家伙儿瞅一眼，不就结了？”说得头头是道，在理儿。

“那也说不定。要是有几个不会生养的骡子，编排一通瞎话，这么一传扬不就传出去了？”

“你是说，有红眼病的女人，成心糟改杏花儿？”

“林子大，甚样的鸟没有？”

“也是。”

几个女人，一边在雨后的泥地上一块一块抠地菜皮，一边你一言她一语呵斥村子里爱编瞎话、嚼舌头的女人。她们猜测，编瞎话的准是村东头许老大家的媳妇冬瓜，因为这个胖女人不会生养孩子；要不就是村西头赵家二媳妇美不够，因为她生就一张歪瓜脸，见哪个比她脸蛋好看就嫉妒哪个；也难说不是狗顺的老婆大磨盘，此人屁股大得像磨盘，最喜欢这家扯到那家，说这个人长，道那个人短，搬弄是非……村上的女人，差不多被她们编排个遍，不时飞起一阵一阵的笑声。这几个女人，嘴巴干了，篮子满了，可这样的猜疑、嘲讽、谩骂好像没有够，她们说得好不开心。

正说着，山下一个女人，扭动着肥硕的屁股，颠颠儿地走来，她就是大磨盘。老远地，大磨盘就尖声尖气地一边招手一边喊道：“姐妹们，快过来，听我对你们讲件丑死人的事情。”

大黄牙嘴一撇：“不就是杏花儿生死胎的事吗！”

大磨盘抬起左脚一甩，嗖地飞出一块扇状泥巴，抬起右脚又一甩，又嗖地飞出去一块泥巴，轻装前进，往大家伙儿面前一站，咧咧嘴巴：“嘻嘻，死胎？那算个屁，比那精彩哩。”

女人们都竖起耳朵，听她往下讲。

“嘿嘿！有甚屁快些放，卖甚关子，急杀老娘了。”胖嫂跺跺一只泥巴脚。

“今晚，全村人要到马村长家开重要的会。”大磨盘一副发现新大陆的得意的神态，“我才听村长婆娘亲口说的。”

“开甚会？”

山村很少开会，尤其是全村人都参加的大会。

“哎哟喂，你们还蒙在鼓里呀？”大磨盘眨巴眨巴眼睛，沾满泥巴的手互相搓揉着，按捺不住激动的情绪，带着神秘的腔调，“哪个给杏花儿接生的，你们知道吗？是她公爹。”

“当真？”

“说半句假话，掉我一颗牙，烂我一只眼，在你们家门前倒爬三圈儿！”

“啧啧啧！丑死人了，现世报！”

“女人那块地方，让公爹摸过，哎哟哟，连根烂菜帮子都不值咯。”

“还有哪，你们知道，那娃儿生下像哪个吗？嘻嘻，跟她公爹一模一样，杏花儿怕日后没脸见人，就亲手把他掐死了。”大磨盘唾沫星子乱飞，仿佛亲眼所见，直说得大家目瞪口呆。

“造孽哟，啧啧啧！”

“伤天害理的老郎中！”

“郎中为人正派，能爬杏花儿的灰吗？”一脸和善相的王二婶犯疑不信，手里拾着地菜皮，弯着腰问。

“嚯，吃姜要吃老的，睡觉要睡小的，嘻嘻！”

“对了，听老人们讲，老郎中小的时候就不正经，人家大姑娘蹲地上撒完尿，他偷着跑过去趴地上闻。”大磨盘真如亲眼所见。

“是吗？”王二婶犯疑。

“听人讲他就喜欢给女人瞧病。”

“还听人讲，他顶顶喜欢看女人裤腰带底下的病。”

“不会吧，我怎一回也没听人讲过？”王二婶道。

“你莫给他打马虎眼，你养老大养不出，还不是老郎中给你掏出来的。喊，当哪个不知道哩。叫老郎中摸得快活不快活？”大磨盘说。

“看老娘不撕烂你嘴！哼，你少讲别人吧。”王二婶以牙还牙，“大磨盘，你不是也叫郎中老爹接过生，救了你跟你娃儿的命？”

“胡诌经，你个老壳子！”大磨盘回骂。不过，她骂是骂，可并不理直气壮，王二婶确确没有编排瞎话。

“瞅你们这两只光会啄嘴的母鸡！”大黄牙使劲拍王二

婶的后背，拧大磨盘的屁股，“叫你俩嚼舌头！”

山里的女人骂嘴粗俗、无忌，再脏的话从嘴巴里蹦出，真比嗑瓜子儿还顺溜。

大磨盘又一拍胸脯，震得两只奶子直颤：“我没一句假话，信不信，晚上你们带两只耳朵去会上，不就结啦！”

“真这样，老郎中该死！”

山村的夜晚来得好像特别早，特别快，灯笼似的春末的夕阳一掉进山脊的那一边，黑的幕便也拉严了。紧接，一弯镰刀般的昏昏的月，忽忽悠悠地升上天空，给山里投下若明若暗的光，照得人眼目心胸好朦胧。吃晚饭时，杏花儿背靠在高高垫起的枕头上流眼泪，其余三人中，只有郎中老爹强提精神吞了半碗米粥。老女人这几天神思恍惚，像往日间那样，跟仙姑祈祷完，早早躺下睡觉了。拴柱坐在门口小木凳上，瞅着门外的夜色发呆，左一声右一声地长吁短叹。今天晚上，大难就要降临到这一家人的头上，所以没有哪个不是坐卧不宁，唉声叹气。郎中老爹饭碗一推，呼噜呼噜抽了一袋烟，抬腿跨出屋门。

“爹，你莫去，瞅他村长有甚点子想！”拴柱翻滚着眼珠，想阻拦。

郎中老爹把烟袋锅朝背后腰间一插，好像不大愿意理睬似的，嘱道：“问你娘、你屋里人，吃不吃饭。”急速地站起身，头也没回地走去，在拴柱眼前留下一个执拗的背影。

百十个人，早就聚拢在村长家的大院里。除了不会走路、不会说话的娃儿外，村上的男男女女差不多都来了，活像过节日。大家都是丢下饭碗就来的，来看村长马大哈怎样斗争郎中老爹。院中间的桌上摆着一盏汽灯，照得满院明晃晃。全村只有马村长有这盏汽灯，菱角洼离城远，至今没有点上电灯泡子，这盏汽灯是上级专门给村长配发的，说是专供村长晚上紧急召开村民大会用的。因此，它自然而然地在人们的心目中享有着特殊的地位，仿佛是一种权力、地位、身份、荣誉的象征。它也代表着上级的存在，上级领导是关心菱角洼的；因此，人们都很愿意瞅这盏灯，都很乐意参加点挂这盏灯的会。

郎中老爹穿着对襟黑布袄、大腰黑布裤，脚套黑布面踏山鞋，缩着脖走进院来，人们的目光从不同角度一下子投到他的身上。这目光里有同情，有好奇，有讥讽，有憎恶……感情是复杂的，整个院内就像一幅百态图。郎中老爹见状，背上像是有人撒了一把麦芒，在一处不显眼的地方坐下了。

桌边靠背木椅上，正面就坐着头戴“马虎帽”的马村长。老人家刚刮过的络腮胡脸庞，在灯光映照下泛着青幽幽的光，他闷头抽了两支烟，这才抬起脸来，脸色严肃地瞅瞅大家：“开始吧。”他的脸转向郎中老爹，似乎很不情愿又无可奈何地说，“老郎中，你自己跟大家伙们说说，有一说一，有二说二。”

郎中老爹揉揉鼻，皱皱眉：“河里没有船嘛。”

院里沉默一阵子，接着又爆发出一阵哄堂笑声。

到底是见过一些世面的人，郎中老爹不慌不忙，反倒比刚才镇定了许多：“笑甚呢？硬是没瞅见船嘛。你们以为我老郎中编瞎话？生来不会哩。”

“呵呵！”

“哈哈！”

众人们笑声更响亮，笑得前仰后合，东倒西歪。

这个老东西，真不要脸，玩弄甚鬼花招？大家伙儿来开会，是想听他低头认罪，讲讲怎样跟媳妇不干净，为甚要给媳妇接生，摸媳妇那块地方，干过几多没脸没皮见不得人的勾当。嘿，他倒跟没事人一样，不着慌不着忙，跟大家伙儿东扯葫芦西扯瓢，讲甚河里有船没有船，真会诌经，叫人好不气恼，气恼得又直想发笑。听说山外头开化，丑事多着哩，常有男人拐带女人私奔，老郎中发烧发昏了头，怕是在说胡话吧，要不做甚老讲河里有船没有船？有船又怎样，还想拐带儿媳私奔出山？

“莫笑，莫笑，都笑甚个嘛！”马村长几乎是发怒地敲击桌面，声色严厉地大声吼道，“听他讲，听郎中讲完话。狗日的，还笑！”

马村长这老汉，扎扎实实的老革命，打游击那年进山，负伤后留下来到今天。有一年，组织上派人来接他进城享清福，他一摆手，根子就在菱角洼扎下了。入党快四十个年头，一直担任村干部，威望很高，称得上金口玉言。这老头对人和气，讲话面带笑，出口“哈哈哈”，大家伙儿这才送他个雅号叫“马大哈”。今天的会议，到现在也没有听他吐出一个“哈”字，足可证明问题的严重性。

果然，没有了笑声。

郎中老爹咳咳了两声，眼睛闪射奇异的光，瞥一眼大家伙儿，把话说开了："自古公爹不可瞅媳妇的身，这我懂。可我……"

"懂？懂为甚还瞅？"

"老不正经，没安好心！"大磨盘叫得好凶。

"喂，都莫胡诌一气，叫他往下讲明白！"马大哈擤擤鼻子，揉揉眼睛，制止着，朝大磨盘翻了一个白眼。

"可深更半夜，杏花儿要生养，头胎难产，怕村里人知道闹克星，本想偷偷送进城生养，又没找着船……"郎中老爹有些无奈和哀求，痛悔不已，"眼瞅杏花儿命难保，他娘拿布蒙起两只眼，我才动手……唉，这也实在没甚好办法呀。我讲的全是实情，不信你们去问我家拴柱娘嘛。"

"蒙住了眼睛？呵呵，你是给我们讲笑话吧？"

"眼睛没沾着，手可是伸进去的，脏！"

郎中老爹不满地瞪了那个接嘴接舌的年轻人一眼："你狗日，没我老郎中，你早憋死在你娘肚子里了！不信去问你娘。"

不假，他娘就是王二婶。

一阵哄堂笑声。

王二婶朝儿子眼眉一横："这里不是你接嘴接舌的地方！"

"村长，你叫老郎中讲讲清白，有人瞅见胎孩长得活像他模样，可是真情？"坐在村长背后的大磨盘起劲地喊。

马村长好生疑惑，思绪随着烟云旋转起来：和郎中住一村几十年，同饮一河水，也算知根知底的，眼下瞅他怎的像过路的人？往日间，他郎中不是这种糊涂人呀，甚样女人没瞅见过，做甚非要睡自己的儿媳呢？这一大把年岁，还有那种闲情？

深受其辱的郎中老爹突然站起身，声音中带有啜泣，双手打躬作揖，说："众位父老乡亲，我老郎中对不起列祖列宗，怎样发落都认下了。可我要讲一句话：活了一大把年纪，我没做过一件亏心事，从来是个规矩人……"

他的话音未落，就被谁打断："呸！老脸皮厚，还有脸自吹自擂！"

"一粒老鼠屎，搅坏一锅粥！"

"顶风臭十里！传扬出去，菱角洼跟着丢人现眼哩。"

"整整材料，送他进大狱都够格。"

"先莫要戴帽子，细细摆一摆。"马村长一口接一口，一憋气吸了半截烟，沉吟好久，喝道。他回忆，自打住进这个村子，就没有发生过这种事情。他打算借这件事，抓抓典型，震慑一下其他人，别再出现偷鸡摸狗的事情了，要不怎对得起"模范村长"的头衔？瞅这形势，这个会再开下去恐怕越开越乱，达不到预想目标，还不知道带出甚花样来呢。想到此，他使劲咳了一声，提高嗓门，做总结性讲话："老郎中的问题，性质是严重的。我们把它抖搂出来，晒晒太阳吹吹风，有好处，好在郎中有脱裤子割尾巴的胆子，向大家伙儿做了又疼又痒的检查，不赖不赖，哈哈……"

大家终于听到他"哈哈"了，便一起鼓掌，一齐跟着"哈哈"起来，气氛也变得轻松许多。

"不过嘛，这件公案怎样了结，我还不能做主当家。"

马村长脸上的微笑立刻消失了，换上一副严肃痛苦的表情，继续讲话，“等我抽空进趟城，向上级报告过后，再做不打折扣的合乎斤两的论处。不过嘛，男人女人，大人娃们，给我听好了，都莫忘了接受老郎中痛苦的教训，莫再干辱没祖宗村规的事情。”

场内鸦雀无声。

“还有不同意见吗？有就讲出来。”马村长按惯例，等会开到尾声，总要这么问上一句。

齐声回答：“没有！”

马村长脸上多云转晴：“那好，哈，哈哈，散会。”

“老少爷们儿，慢走！”随着一声吼，院门“哐当”一下被撞成两半推开，旋风般闯进一个人。众人扭过头，目光齐刷刷劈将过去，来人头发蓬乱，眼眉倒竖，牙关咬得咯吱吱响，涨红的两边腮帮子上鼓起酒盅大的肉疙瘩块，两耳朵根后连着脖颈的地方爬有几条蚯蚓似的暴突的青筋，鼻窟窿眼里“呼哧呼哧”拉开了风匣，两条腿“人”字形撇开，直撅撅撑起一个七尺高的个头，双手叉腰，站立人群当间，如一尊铁铸的汉子。

“哎哟哟！娘呀，拴柱想打人呢！”大磨盘拿鞋底捂住肉脸，吓得直往马村长屁股后边躲藏。

以前，没哪个瞅见过拴柱这般模样，活像只红冠子公鸡，羽毛倒立，摆阵势斗架。

“莫要欺人太甚！”拴柱因气得狠，吼得急，眼睛里闪着泪花，声音发颤，腔调也是变了的。

“哪个叫你来的！还不快回家，滚，快些滚！”老郎中瞪眼斥责儿子，倒是给别的人们鼓了气。大磨盘真正来了兴致，一拍腿，高声责问：

“拴柱，哪个欺你哪，你女人不争气，还有脸跟大家伙吼哩，现世报！”

有人跟着她起哄：

“有本事，回屋跟自己女人吼嘛。”

“想打架？哪个怕你拴柱不成，抄家伙，到外头遛遛！”

“唉，难怪，绿帽子戴头上不好受吧？”

哄闹声沸沸扬扬。

刚才那会儿，拴柱屋后窗洞子底下，贴墙根站着，竖两耳朵把会场上每一个人的话都听得一清二楚。越听火越大，要是手里有杆枪，他盛怒之下真敢把那些胡扯淡的家伙给突突了。他拳头攥得出水，梗着脖颈斥骂：“你、你们放、放狗屁哩！”气急得话也说不成句。

马村长指缝里夹截烟屁股，抬眼皮盯住拴柱，鼻腔里“嗯——”了声：“半路上杀出个程咬金来啦。拴柱，你狗日好大的胆子，敢目无村规王法，搞乱会议大方向，啊！”

“对对！搞乱会场，眼窝里盛不下马村长，该当甚罪？捆绑示众也是轻的！”有个愣头青真的拿起一条草绳子，像水塘里一条干死的蛇。

几个半大小子一窝蜂围将上来，不讲情面，凶凶地动起手脚。

“哪个狗日的上，老子就跟他拼了！”拴柱挥起一双拳头就如挥起一双铁锤。

两军对垒。

马村长一拍桌，怒斥道："大胆，敢跟我马村长犟嘴！"

"为甚要朝我们头上扣屎盆子？"拴柱声音变轻了些。

"给我拿下！"马村长大怒。

不知是激动还是害怕，拴柱还没来得及动一动，就被五六个年轻人背过双手，捆成个大元宝似的，两条腿不由自主地哆嗦起来："还有、还有老百姓讲理的地方吗？"拴柱像头被缀了四蹄的牛崽。

"村长，他不懂屎香屁臭，你饶他这一回。"老郎中几乎是哀求道，"高抬贵手，放过这小畜生吧！"他双手合起向村长连连作揖，"他吃了豹子胆，也不敢跟你马大叔犟筋啊。"

"嗐，兔子急了还有咬人的时候哩。"有人打圆场。

王二婶走到马村长跟前，弯腰直赔笑脸："老人不记小人仇。村长，乡里乡亲的，不瞅僧面瞅佛面，人家郎中的好处，哪家没领受过哩……"

"哟，啧啧！"大磨盘撇撇嘴，不咸不淡地说，"你是他家七大姑还是八大姨？碍你甚事，哼！"

"亲不亲，同乡人，大家伙都喝菱角洼的水，这种话也好讲出口？"王二婶满脸赔笑，"村长大叔，你是菱角洼贤明的官，为人廉正，你讲是不是呀？"

马大哈抓抓脑瓜皮，又续上一根劣等的纸烟，吸了两口，脸上露出一丝笑意，借坡下驴地哼呀哈地说："嗯，念拴柱狗日平时憨厚，是一个本分的村民，今天特地宽大处理。不过嘛，他冲进会场耍蛮，要回屋里立马写个检查书，送我手上。来，给他松绑。"

“还不快给你马叔磕头谢罪!”老郎中硬按拴柱的脖颈，跪在马村长脚前。

一片嬉笑声。

“算啦，算啦!”马村长挥挥手，让拴柱出去，“速速拿检查书来见我，你狗日，肚里真揣个日龙日虎的胆子吗?”

拴柱小声嘟囔：“不认字，哪样写?”

马村长眉头一皱：“叫你爹代笔！你狗日的。”

老郎中直点头：“不成问题，我代他写。”然后一掌击打在拴柱的后背上，“小祖宗，莫磨牙，快滚!”

拴柱搓揉着手腕上被勒出的一道道血印，无可奈何地悻悻走向门外，踉踉跄跄地消失在裹着寒气的夜色里。“老天爷，”他轻声地却是怒不可遏地喊叫道，“你怎的就能这样不公道?”

三

拴柱失踪了。

从此，村民们又多了一个闲谈的话题。

吃早饭时候，王二婶手里拎了一瓦罐煨鸡汤，来到郎中老爹家里。

郎中老爹十分沮丧，垂头坐在桌旁，连王二婶走进了屋也没有注意。

“郎中兄弟，莫想太多啦。”王二婶低声劝解，“你要是怄坏身子骨，这个家还不成没头的鸟啊?”

“他二婶，你坐。”

“不啦，我给杏花儿送点热汤喝。”

“又叫你劳神，真是！”

“见外话。”王二婶拎着瓦罐子走进里屋。

杏花儿喝着油汪汪、香喷喷的鸡汤，眼泪扑嗒、扑嗒直下落。几天来，在她心中沉淀的东西，被二婶的热情翻动了，好似双脚搅动河水，底下的苔藓、泥沙之类立即浮上来，纷纷泛起：“二婶，这叫我怎样活呀！”

“杏花儿，莫胡思乱想。”王二婶又朝碗里添了一勺汤，夹两块鸡腿肉，“女人月子里憋闷气，日后准成个病秧子，二婶比你懂得多，要听话，啊！”几天工夫，杏花儿面皮微黄，形容枯槁，看上去老了许多。二婶替她抹眼泪，梳理蓬乱的头发，如同服侍自己的儿媳。

这使老郎中感叹不已。他回想起给王二婶接过生，给大磨盘接过生，为甚大磨盘这些日子里要用那般态度对待自己呢？是不是有哪里对不住她？想过来想过去，说甚也想不出有哪样对不住她大磨盘的。他摇头叹息：“真是知人知面不知心啊！人比人气死人！”自从那天晚上挨了全村人的斗争，他只觉得在人面前抬不起头，感到孤单，就像河滩上一只失群的孤雁，有时他又感到愧对杏花儿，愧对全家的人。可是，静下心来认真思量，他又找不出一丁点儿有愧的理由。越是这样想，他越不能忍受别人的白眼。他甚至追悔莫及：不该学医，不该给大磨盘一类人瞧病，不该……不该什么呢？错了，学医、瞧病……哪样不该做呢？要不，像王二婶这样的好人，又叫哪个去救呀？

“保根快回家，听天由命啦!”忽然，老女人从灶房走出来，浑身上下沾满了草木灰，一瞅见王二婶，她就像个受尽了委屈的孩子，用拳头抵住嘴唇，哭得周身发抖。

“老姐姐，莫这样哩。”王二婶头一回瞅见她这样哭泣。她将她的拳头从嘴唇上掰开，扳直她的手指，扶她在身边坐下，自己也无法控制地流开了酸楚的泪水。这老女人!这一家人!

说也奇怪，老女人瞅见其他人只是笑，唯有在王二婶面前才哭，哭得很伤心，很舒坦。心和心相通的人互相依靠，有如菱角洼的山和水一样。

除了送些吃的、喝的，王二婶还常到杏花儿床前，陪她坐坐，对瞅着，不说一句话，心到了，意到了，也就知足了。打消了杏花儿许多念头：她本想跟大磨盘拼命；她本打算找根绳套脖子；她曾准备和公婆闹着分家过日子。她从生活中得到了爱，才有了对生活的爱心。她要照二婶说的话去做，二婶是好人。她要做好村民、好邻居，她要做好儿媳、好女人。她还年轻，她要给高家生儿育女，她要做心目中二婶那样的好人。杏花儿心里这么想着，精神上却被折磨得十分难受，噩梦似的一夜又一夜被折磨得疲惫不堪，她实在控制不住了，便抓自己的头发，在心里头喊叫，歇斯底里地喊叫：“见鬼去!该死的，全都滚开!”醒来时，便又吃了一惊，瞅见保根站在面前，一副受到惊吓的样子。她猛地扑过去：“宝贝，娘找得好苦，你怎的在这儿?我苦命的儿呀，饿了吧?回家吃娘奶奶!”一眨眼，保根没了，她又哭了起来。

外界到底发生了什么事，这家人一概不知。

河沿上，几个女人在水里搓洗衣服。

“我一直没敢跟大家讲那件怪事情，那天开完斗争会，我回家路上，蹲柴堆后撒尿，刚脱了裤，忽听山神庙方向有人哭，声音真惨，顺声音细瞅，娘呀！你们猜是甚？”蹲在石板上的大磨盘这么一说，每个女人都停下手里的活，歪过脑袋来听。她说：“一片白光，照见两个人影，一大一小，抱在一堆哭。我想该不是做梦吧，就掐了一把屁股，疼死我了，再睁大眼细瞅，哎呀我的娘！那大的是拴柱，小的是光溜溜的死胎，吓得我尿没撒，提裤就朝家奔。”

冬瓜一失脚，右腿掉进河水里，一只手紧紧拽住岸边的柳树枝，才免得滑入水中：“我的娘呀，你八成瞅见拴柱的魂哪！”她纳闷儿，老郎中曾救过大磨盘的命，照理他就是她的救命恩人哩，可她怎的讲起老郎中一家的坏话来比哪个都起劲，跟炒崩豆似的。她还特别会瞅马村长的眼色行事，为甚呢，这到底为了甚呢？

“是哩。要不，我这几天老觉得头疼啦。”大磨盘振振有词，头上真的扎起一条红布带儿，像是专为了避邪似的。她们把脸转向河边。

河边上，一丛丛灌木、一排排杨柳，在阳光下露出孟春时节的鲜嫩。水面上吹来带着水藻味儿的小风，轻轻地摇曳着树枝，叶片摩挲，发出撩拨人心的细语声。太阳撕扯着薄薄的云幔，像要钻出一层淡淡的苔藓。因为用力过急、过猛，它的那张脸庞都憋红了，鼓胀了，流汗了。有几只寒鸦在树丛里扑动，翅膀间时不时映出刺眼睛的光亮。

那里似乎隐藏着令人不安的可怕的秘密。但是，谁能相信在这样的一片春光里会有鬼魂出现？是胡说还是真话呢？……

不远处，树丛后边，有个人影在晃荡，活像一个幽灵在徘徊。女人们细瞅，那人影却不见了。

河心苇滩，浅水处，有一男一女“吱呀吱呀”摇着小花船，张网捕鱼。他们不时地朝洗衣女人这边张望，被他们的嬉笑声吸引着。一群野鸭子从远方飞来，拍扇着翅膀，落在苇滩附近，溅起一片水花花。它们见到打鱼人，忽地拍扇翅膀，飞向河对岸什么地方，河面上留下一串“嘎咕、嘎咕”的惊叫声。

这会儿，有个一声没吭的俊模俊样的小媳妇莲莲，直起腰肢，“哗啦哗啦”抖着衣服，挺神秘地说：“婶娘、嫂嫂，快听，是甚声音？”

“野鸭子叫呗。”

“才不是哩。”小媳妇弯腰，侧身，耳朵贴在水面上，“你们细细听，水里好像有人哭叫——‘孩啊、孩啊’，我这些日子，天天深夜都听见哭声。”

大磨盘朝小媳妇浑圆的屁股上扇了一巴掌，咯咯地笑道：“大侄媳，怕是你怀不上肚子，想孩想疯了吧？”

“婶娘坏，真坏！人都说拴柱想儿，跳了河，阴魂不散，天天晚上在山上、在村前村后找保根。娘耶，我哪晚上也不敢出门哩。”

“昨晚，我睡得正香甜，影影绰绰觉着有一人撕扯我头发，嘴里直叫：‘娘，娘，快醒醒，娘，我怕，我想你！’

我一睁眼，天哪！瞅见是个精光身子的小男孩，对我傻笑，模样活像老郎中。”年轻媳妇莲莲惊奇、疑惑、胆怯地问，“该不是死胎保根专来收我魂吧？”

“哪个敢打保票不是哩。”

“自打斗争了老郎中，全村没哪家安生过。你想想，这是不是报应？”

“真是死胎成了仙，那还不是想怎的整治就怎的整治。”

“我瞅着也是。”莲莲是坚信的。

“喂！嫂子们，你们村闹鬼呀？”打鱼人摇过花船来，问得好奇。

“莫理这号货！”大磨盘嘴一撇，自作多情地挤挤眼，“关你屁事，馋嘴的猫，见腥就上。”

冬瓜高声回答：“对，是闹鬼，死胎变的鬼，就在这山这河。小心鬼翻船，叫你跟女人沉水底喂鳖，嘻嘻！你们打哪来呀？”

“省城。”打鱼的女人一边划桨，一边搭腔。

哟，是打省城来？洗衣女人们一齐瞅过去，一齐惊讶：打鱼人胯下坐着甚家伙？马蹄儿形状，不是木板钉制，是拿橡皮子绷就，四圈的颜色也怪里怪气，水黄的、水绿的、水蓝的、水白的，一杠一杠，煞是开眼。有人瞅见这东西来时瘪瘪的一包，是男人打盛鱼的布兜兜里掏出，拿根带皮管子的铁筒筒，将皮管一端接在那嘴嘴上，一按一按，那瘪瘪的家伙便“呼哧、呼哧”鼓胀起来。女人两手轻轻托起，掷进河里，浮于水面，男人前，女人后，跳将上去，就能自由自在地撒网捕鱼了。她们头一回瞅见，省城人真会烧包，连打鱼竟也坐起这种洋玩意。冬瓜鼻子一翘：“哼，住省城，命贵哩！他们才不信鬼神，不信的。”

打鱼女人划的小花船在水面上直打转转：“几位大嫂，水面上传音快，你们说的话，都随风吹到咱耳朵里了。当真闹鬼呀?”不像有意打哈哈。

莲莲心善，抬手朝背后那远处的山上一指，挺认真地说：“嫂子，你是远方客人，不哄你，千真万确，天天夜晚山神庙里都能见哩。不信，今晚你们进村来，亲眼瞅瞅就知道咯。”

“不啦，不啦。”摇花皮船的女人抹着红红的唇，说话一张一合的，嘴巴像个刚下了蛋的鸡屁股眼儿。她吃惊地瞅着收网的男人，网上挂着两条鱼，活蹦乱跳。两人嘀咕了几句，便急急地收网，将小船划向上游去了。远远地，小船像条露出巨鳍的花鲸，在河面上犁出一道浅浅的沟，把水分开，漾起细细的浪，一直扩展开，漾向远方。

“胆小鬼，快滚，杏花儿养孩子，你们为甚不划船来?”

洗衣女人们发出一阵嘲笑声。

“小妖精，快回屋，学杏花儿，抱你公爹吃大鱼、睡大觉。”

洗衣女人们又发出一阵笑骂声。

与此同时，在村头的山坡上，三个老汉正裹紧棉袄，在枯草地上晒太阳。

“讲人家老郎中爬灰，说破天我都不会信的，他不是那种人。”说这话的羊老倌，用袄袖揩着胡须上亮亮的小水珠的鼻涕，拽起油腻腻的羊皮袄襟护住膝盖，一手插进胳肢窝搔痒痒。

“你熊家伙，敢给他打马虎眼子?”倚着斜坡，平端起双臂捻着棉线槌的四大爷，直眨巴两只风泪眼，慢条斯理地说，“那是呀，你跟老郎中，是王八瞅绿豆——对眼儿。”

“怎的讲?”羊老倌弓曲双腿，冲四大爷张着嘴巴，露出几颗黑黑的缺损的牙齿。

线槌儿嗞嗞地旋转着，像一叶旋转的风车，被一根细线连接在四大爷的手里，旋呀，转呀，画出圆圆的圈，一团团破棉絮，眼见变成细长的可以编织裤带腿带和头巾的棉线，缠绕在线槌的两端。他手不停，一边捻线一边说：“你干的甚事，你不知道？装相哩!”

羊老倌蜡黄的脸变红了，胡子一翘一翘的，吭吭哧哧，半晌嗫嚅道：“老四大哥，你狗日的，饱汉不知饿汉饥。”

“哦，真的有这等事情?”一直躺在避风的草丛上睡觉的麻老大，揉揉眼睛，顿时来了兴致，紧问，“哦，跟老郎中是一路货色，假正经!”

“你……”羊老倌用袄袖揩揩鼻子，刚要发作，四大爷朝线槌上缠绕着线，直摇脑袋瓜子，打断了他的话：“讲笑话，莫当真。”

羊老倌松了口气，脸色又恢复成蜡黄。他按了一锅烟，拿起石头底下压着的火媒子，点上烟，吧嗒吧嗒猛吸几口，转脸瞅瞅不远处草丛上缩着身子的麻老大，神秘地笑笑：“我羊老倌，前日搭船进城买羊羔，在渡口候船那会儿听来一段经文。”烟火熄灭，重又点燃，腮帮子瘪瘪地深吸一口，打鼻腔里喷出两道灰色烟圈。稍停，他见四大爷、麻老大听得认真，便眨眨眼睛，接上说："有户人家，独根苗的儿子娶回一房媳妇，女人贤惠能干，也孝敬公婆，一家人都很欢喜。哪知道，媳妇娶到家四五年了，瞅不见动静，瘪瘪的肚子没能生养娃儿，好家伙，这下子她可遭了殃，男人动手就打，公婆开口就骂，硬说媳妇是一头不会生养的骡子，想断了他们家的香火，还说她要是能给养个娃儿，一准儿把她当神仙供起。媳妇受不住这等辱没，投河寻短见，碰巧叫打鱼人救了一条命，给送回了家。"说到这时，他瞅瞅麻老大，又瞅瞅四大爷，"没过几月，你们猜怎么着？有喜啦！那媳妇肚子撅老高，又过几月，养下一个男娃。村子里传扬开了，有人说那条河里的水显灵，不能生养的女人一喝它肚子就大，跟唐僧西天取经路过的子母河一样，后来果真有好多不生养的女人都到那河里舀水喝；又有人说是那打鱼人留她在船上过夜，帮了她的忙，给下了种。后来呀，等到那孩子长大了才搞清爽，是公爹跟媳妇干出来的，那娃儿脸上也长满了麻……哈哈哈！你们说，这人跟老郎中是不是一路货，啊？"

麻老大本来听得津津有味，蓦地恍然大悟，翻身抓起一根断木棍，朝羊老倌头上劈将下来："老倌，我日你祖宗八代，打山上绕到山下，说半天，原是变着法骂我。你个老光棍，断子绝孙的货！"

"好汉动口不动手。"羊老倌一闪身，躲开了麻老大的当头棒。

不远处，陡坡后边有一个人影在晃动，活像是一个幽灵在徘徊。几个老汉细瞅，那影子一闪却不知去向。四大爷仰面哈哈大笑，笑声惊吓了枯草丛里两只觅食的白颈绿尾黄肚子的山雀，它们啾啾地在他们眼前跳了几跳，点点头，翘翘尾，嗖的一下跃起，在半空振翅画了一个弧，又画了一个弧，飞向山的那一边。他只顾笑，捻线的手不听使唤，手中捻的棉线断了，线槌飞转着落下，不偏不倚砸在右脚面上，疼得他哎哟一声惨叫，抬脚一瞅，立刻显出一块紫红的肉包，跟没有生长成熟的秋茄子似的，歪扯着嘴喃喃自语："报应，报应，日他娘的，报应。"

这情景，逗得羊老倌、麻老大一齐开怀地笑。

几十年来，凡事总是疑神疑鬼、喜欢求仙拜佛的四大爷，被刚才的一线槌打得心慌意乱。自打杏花儿生下死胎，马村长召集村民开会斗争老郎中后，又发生了拴柱失踪的事情，他曾几回深夜里到屋外观察天象，哪一回都发现有一片昏黄的夹杂着乳白的光笼罩在菱角洼的上方，这是从来都没有瞅见过的。他为此感到极度不安，疑心灾星就要降临到这个小山村，自己一家也在劫难逃，这就会大难临头哩。

近些日子，村民们纷纷传说，深更半夜常见拴柱抱着死胎，在山神庙一带哭爹叫娘，闹得大家紧闭门户，人心惶惶，连孩子晚上睡觉也不敢吭声。四大爷似乎也听到过后山的树林里有冤魂哭泣。他从箱底拿出一张黄表纸，画一张驱鬼的符贴门头上，这才放了心。

不过，四大爷从记事那天起，就听老人们说，鬼神这种精灵，能掐会算，无事不通，无事不晓。人瞅不见它，它却时刻都能瞅见人，哪个人若做了歹事，激怒了它，它就先用此人手里的家伙敲打他，慢慢就会邪魔上身，叫他初一死，他绝无望活到十五那一天。四大爷心里害怕极了，他揭羊老倌的疮疤，明摆着连郎中老爹一块儿给骂上了，拴柱和死胎保根难道听着了吗？

哎呀呀，刚才打草丛里飞走的那两只山雀，真的是这两个冤魂变出的吗？像，活像，白颈子、黑尾巴——不，绿尾巴——黄肚子，山里哪来这样的雀儿，从没瞅见过的。刚才坡后林子里有个人影一闪一闪，是老郎中还是拴柱呢？

他浑身颤抖，赶紧又弯腰摸摸脚面的肉包，好像肿得更大，变得更紫，更觉疼痛了。咦，怎的连腿肚子也疼了，胳膊肘也疼了，后脑勺也疼了，心口窝也疼了？天哪！我好糊涂哟，怎能为取乐羊老倌，连郎中老爹也一块儿给骂上啊？糊涂蛋！他觉得自己就要大祸临头。

其实，四大爷除此之外，还另有心病。年轻那时候，自己不就一前一后跟两个女人荒唐过吗。现如今，都这么大把年纪了，心还没老哩，瞅见有几分姿色的女人，照样心痒痒，就是怕人家瞅不上自己才不敢轻狂，年纪越大胆子越小咯。自己心底龌龊，做甚要去编排人家郎中兄弟？“我真是个伪君子，老混蛋！”他猛地打了自己一个响亮的嘴巴。

“老四，你瞅瞅，这是做甚？”羊老倌惊疑地瞅着他，不解地问。

麻老大以为这是在悔恨刚才说的话，觉得对不住羊老倌和自己才变得这种样子，便宽慰道：“老四，咱老哥们儿说笑逗乐，轻点儿重点儿有屁事，你这又是何苦？”

四大爷满腹心事，却不敢向他俩讲明真情，捡起地上的线槌，自语：“活该，报应！大慈大悲的菩萨，保佑我躲过一切灾难，今生来世给你烧高香！”转身蹒蹒跚跚向村子里走去，口中不住念叨，“郎中老哥，我给你赔罪，赔大罪！你行行善心，叫拴柱、保根饶、饶了我吧……”

“咦，邪不邪吧，他倒是怎的了？”

羊老倌和麻老大看着他摇摇晃晃地走去，全都愣了神儿。

“老倌，我估摸菱角洼怕是真的要出甚奇事哩。”

这不，没几日，死胎的事被传得更奇了。从大黄牙嘴巴里传出，杏花儿怕日后见不得人，硬狠心下毒手把婴孩掐死啦；再从大磨盘嘴巴里传出，死胎丢在后山坡，叫狗一撕咬，猛地蹦出个光腚娃；再到几个不生养的小媳妇嘴巴里，死胎一下子变成了小神仙，常常深更半夜在山神庙里显灵；之后，全村老少人等，就跟着风传开来，菱角洼时来运转，仙气冒顶，福星高照呢。一个比一个传得真，一个比一个传得像。难怪人们常讲，真东西越传越少，闲话越传越多。

四

一天晌午，河边，有二十多个男女跳下渡船，朝村子里走来。这一帮人，各自带着虔诚的、忏悔的、好奇的或者别的不同的心境，诚惶诚恐，亦步亦趋。

村民们站在村前路口，围观着这些陌生的来客，就像观赏着一件件工艺品，或是一个个外星人。女人们有的耳朵垂子扎两颗螺钉，闪闪发光；有的雪白的脖颈上套一串珠子，像苞米粒；有的描着细细的眉，涂着红红的唇；有的也不知道穿的是哪家裁缝做的衣裳，把全身包裹得紧绷绷的，上可见两只凸凸的奶子，下可见勒出沟沟的屁股。男人有的一头长发，打背后看跟女人一般；有的鼻梁上架着副蛤蟆似的眼镜，站对面看不清黑玻璃盖住的眼睛；也有的衣裳挺括，不系扣，还在脖子上拴一根花花绿绿的绸布带。这些女人们，这些男人们，个个都是油头粉面、细皮嫩肉。山里人瞅着他们，神态惊奇；他们望着山里人，神情虔诚。

“各位同志，打甚地方来的呀？”这时候，从村民中站出一位长者。

“老人爷，请问您尊姓人名？”长发青年两手斜插在衣兜里，抖动一条细长腿，歪着脑袋问。

一个拖着两条黄浓鼻涕的男孩，吸了吸鼻子，尖声尖气地喊：“他是马村长，菱角洼数他老革命。”

“日你……”马村长瞅瞅客人，顿觉脸红，转身冲那男孩挥起巴掌，“再听你诌经，我割断你舌头。”

长发青年从衣兜里抽出双手，伸过来，满脸堆笑：“哦，村长，是头儿，头儿您好！在省城，传说贵村近来天天夜里有大仙显灵，能治百家病，消百家灾。所以，我们这些哥们儿不远百里，慕名专程而来，还请马村长多多关照。”说着，两腿一拢，双手垂膝，弯腰鞠了一个九十度的大躬。

紧接着，其他男女一齐弯腰施礼，声音刀切一般整齐：“请村长多多关照！”

“日娘的，这是哪一国的礼节？”马村长在心里骂道。但有一点他心里是清楚的，像他们这一伙洋里洋气的省城里来的人，居然也都自愿向我一个山里老汉点头哈腰，恭恭敬敬，不就是城乡靠拢，抬举山里人吗？他受宠若惊，忙抬起一双树根一样粗糙的大手摇摆着，连声地说：“哎呀呀，这做甚，这做甚嘛，折死我，折死我咯。”

山里人、城里人，都被他的那副窘态惹得哈哈大笑。

笑声一落，马村长犯了难，明明杏花儿生下一个死胎，明明拴柱死后阴魂不散天天黑夜在山里胡闹，怎的被传扬成大仙显灵、治病消灾了呢？他们还大老远来向大仙祈求宽恕和恩赐，真稀罕。不如向这帮省城来的人讲明真相，让他们回去，可莫糊弄了人家。想到这里，他苦笑笑，打着哈哈，说：“菱角洼是个山野小村，哪来的甚大仙显灵哟。同志们，你们是不是找错地方了？”

“蛤蟆镜”：“村长大爷，您这就不够意思了，有福同享，有难同当嘛。”

“长头发”：“马村长，对无产阶级不保守秘密。在省城，我们是从朋友的朋友的朋友的朋友们那里得到的信息，说菱角洼确有大仙显灵，每天晚上，在公鸡打鸣之前就从天而降。否则，咱们跑那么远路来这儿，不是疯也是傻，对不对？唉，实在出于无奈咱才这么做啊。”半文不白的话，听得马村长直眨巴眼。

“我们有苦有难，可没有疯，真的没有疯。老人家，您发发慈悲，可怜可怜吧！您指点我们怎样才能求到大仙？”一个年轻女人扑通一下跪在马村长的面前，眼泪汪汪。

“使不得，使不得！快起，哎呀，快起！”马村长想用手搀扶她，可又不敢，这么水灵的女人，一个山里的男人哪能碰得。其他男男女女也都向他连声哀求，并且立下誓愿，得不到大仙保佑，决不返城。

就这光景，在不远处，从山坡通往村头的杂草丛生的石头小路上，有一个人影在晃动，活像一个幽灵。人影越晃越近，越来越大，越看越清，他正是郎中老爹。这几天，他就像一个影子在晃荡，就像一个幽灵在徘徊。他要按照自己的心意生活。这边发生了什么事情，他一点儿也不知道，不想知道，不敢知道，多一事不如少一事。过去他没这么想过，现在他这么想了。走得近了，他看到有人向他指指点点、点点戳戳，他眨眨眼睛，把头向肩里一缩，转身悄悄地向后退去。刚走出两步，就被马村长从背后叫住了。

“你瞅你……”马村长搓了搓双手，故意在城里人面前炫耀，“他是菱角洼方圆百里的神医老郎中，叫高怀德。他儿媳杏花儿生下个死胎……噢，大仙显灵多亏了他。哈哈哈！郎中兄弟，莫哭丧着脸啦，你来得巧，你把大仙下凡的事跟人家省城来的贵客扯摆扯摆，好不好？”

老郎中的头缩得更深了，两道白幔似的睫毛下眯缝着的眼睛里，闪耀着善良的、难言的、惊疑的、恐慌的光芒。他抿紧嘴唇，攥住拳头，脸上流露出悲伤、冷漠而又倔强的神情，像是没有听见什么人跟他说话。

“他这是怎么了?”有人小声嘀咕。

“讲讲，快呀!”马村长催促，“就你见过世面，怕甚?”

老郎中脸色开始泛红，一只手不住地摸裤腰带，两腿好像在哆嗦。

“嗐！又没有哪个扒你裤子！讲讲，快讲讲嘛!”马村长的头发快竖直了。

老郎中的面颊涨得发紫，眼睛收成了一条细缝，心抽得更紧，眼睛死死地盯着脚下，还是一声不吭。

真是急死人!

半天，他才伸直身，抬起脸，声音含混不清地说：“天上不乱地上乱，自有神仙救苦难，呵呵，救苦难……”然后又像一个幽灵似的走了。

莫名其妙!

马村长觉得非常难为情，老郎中头一回不听他的招呼，而且是当着这么多城里人的面。哼！日后瞅我马大哈怎样整治你！日娘的，死猪不怕开水烫，反了!

“嘿，哥们儿，真有大仙显灵，瞧他一说话就神叨叨的。”

“蛤蟆镜”挑起大拇指，兴奋地说。

“长头发”随声附和：“等着吧，大仙一定会显灵，帮咱救苦救难。”

老郎中的举动，马村长很恼火，当着城里人的面，不便发作。可是，城里人的这一番举动，更使马村长无法理解。他们口口声声说甚有苦有难？再苦再难，还比得上山里人苦、山里人难吗？他虽然未进过省城，倒也因公务去过几趟县城。那里的人们，吃甚？住甚？穿甚？哼，小日子过得要多舒坦有多舒坦。你就瞅这帮人的脸蛋儿，像不像面捏的！你再瞅这帮人的穿戴，哪个不像刚打戏台子上下来的？福，都他娘叫这帮狗日的亨尽了！省城人，日子过得准比哪儿都更高级。当然咯，世上的人，各人有各人的命，除了神仙外，哪个也改不了的，上有天，下有地，早安排妥，那东西专为城里人享用，山里人从不眼红，只要不饿着冻着就够。可城里人为甚不知足，还成帮结伙跑进深山野村求仙呢？他决定问个明白："你们讲一讲，到底有甚苦甚难，值得跑这远的路来求仙？"

人越聚越多。

这么一问，城里人争相诉说自己的苦楚，这悲切，这真诚，即使铁石心肠的人听了，也会为之神伤泪落。

她说："三岁时，爸妈离婚，谁也不愿抚养我，邻居王婶看不下，就收养了我，视我如亲生闺女。十八岁那年，我为了报答王婶的养育之恩，自愿嫁给比我大十岁的丈夫——王婶的独生儿子。结婚已经五年了，我还没怀上孩子。跑遍全城大医院，也求过许多高明的大夫，都无济于事。自古说'不孝有三无后为大'，我觉得对不起丈夫，更对不起婆母。我想到过离婚，也想到过自杀，又都被疼爱自己的丈夫和婆母劝阻了。我怀着一线希望来到菱角洼，求大仙发慈悲，赐给我个孩子。若不能如愿，我主意已定，就在回城的路上，投河自尽。"她凄凄婉婉，泣不成声。

他说，他父亲在省城里是个副厅级的官儿，今年整五十六岁。父亲的领导曾答应过提拔父亲干正厅，所以，他家每天门庭若市，送东西的，要东西的，走后门来的，走后门去的，敬祝老爷子身体健康的……啥玩意都有，天天像在过年。尽管他才三十挂点零，已经离过两次婚，第三次离婚手续正在办理过程中，父亲手下的两个处长，却争吵着要将如花似玉的黄花闺女嫁给他。未承想，班子调整，父亲别说扶正，连副职都没保住。落毛的凤凰不如鸡，如今，那帮无耻小人不再送礼送女儿了。这倒也没什么，可送上去的揭发信、告状信却不少。这他妈什么世道！气得老父亲冠心病发作住院，吓得后妈脑血栓半瘫。而一帮得志的小人，整天弹冠相庆。他也四处游说，效法他人进行反击，却无人理睬。他看透了，他到此，不是求大仙保佑自己，而是求大仙显灵，伸张正义，惩治人世间活得自在、体面的恶棍。他滔滔不绝，愤怒至极。他在骂别人时又有点心虚：往日仗着老爸的势，在机关大院里不也像个恶棍吗，真是天道轮回啊！

她说："我是个个体户，和丈夫在家中开办了一个小饭店，选定下月初四开业，求大仙保佑我们夫妻生意兴隆，财源茂盛。"

他说："我有坐骨神经痛，多年医治无效，望大仙为我除病祛灾，转世当牛做马，心甘情愿。"

她说："求大仙为我找个万元户丈夫。"

他说："我求大仙为我娶个会理财的妻子。"

她说："我决心当诗人，求大仙保佑我文思敏捷，独霸诗坛。"

他说："我渴望走官运，求大仙保佑我飞黄腾达，出人头地。"

她说："我屁事没有，就想看看大仙长的是什么模样儿。"

他说："城里待腻了，这里有山有水，特地陪我那个想看看大仙是什么样儿的女朋友玩玩儿。"

……

人人都有一本难念的经。马村长说什么也没有想到，城里人会有这样多的难处苦处。省城再好又顶个屁用，山里人缺的东西，他们照样得不到。这不，他们脑袋瓜子里装满这许多形形色色、奇奇怪怪的念头，还特地跑进山来，盼着从这里得到解脱。山里人有的，他们城里人却没有。他突然意识到，菱角洼这个历来不起眼的小山村，竟然会有这等显要的地位、名望。由此，他想到自己虽然是个芝麻粒大的村长，原不比什么厅长、局长、部长或者省长们差的，在他们那里办不成的事，却要跑我菱角洼来办哩！他在心里一盘算，觉得应该多行善事多积德，成全一下城里人求仙的念头。可那个发瘟的老郎中，硬不给菱角洼、不给他马村长争脸。不要紧，我马大哈自有妙法。他想，几十年来，自己都是用国家王法、祖训村规，把个菱角洼治理得有鼻子有眼，可从没有相信过神仙的威力；今天，自己倒要当一回神仙了，那会是甚滋味呢？于是，马村长摸摸胡子拉碴的下颏，脸上浮现出喜悦。

"嘻嘻，哪来的大仙？"挤在人堆里的大黄牙插嘴道，"是闹鬼哩。"

城里人没有谁相信这个多嘴婆娘的屁话。

马村长眼珠子一瞪:“有甚好瞅的，都给我滚回家去!”城里人呆呆地围成一个小圈子，个个愁眉不展，似乎被一种不祥的气息笼罩。他们举止木然，脸上流露出一副忧郁的神情。

马村长脸色僵硬地站着，很不自然地向城里人笑着说道:“莫要听，莫要听!那女人讲胡话哩。”嘴里喷出一股大葱和劣质烟的浓烈的臭味儿。

“有大仙!哪个讲没有大仙?”大磨盘挤进人堆里，瞅见村长为难的、恼怒的神态，赶忙给他解围，接过了话茬，“我家孩他爹，脑袋瓜子疼得睡地上懒驴似的直打滚，抓好多服药喝肚里屁事没管，我就跑山神庙，跪菩萨跟前磕头烧香求佛。等我回到家，一进屋，我那个亲娘哟，瞅他正蒙着两只眼跟儿子藏猫猫哩。嘻嘻，这不是大仙显灵是甚?”她知道全村子里没有哪个人瞅见过这桩事情，所以她越说得像真的，别人听了才越会信以为真。她确确编排得很像，而且脸不红，心不慌。这不，马村长直咧开嘴巴打“哈哈”。她也跟着“哈哈”，她想，只要他高兴就成，不管甚时候，跟当官的唱一个调、拉一个套，不会有亏吃。她的话，无疑地刺激着城里人的想象，更加唤起了他们的虔诚的渴望。

村子里的人们，纷纷遵照村长的话离开，确是听话。

城里人留下来了。他们自己带着干粮，还有帆布帐篷什么的，在村后山坡上安营扎寨，专等深夜大仙显灵，以求赐福于身。

夜深人静。一轮半圆的月亮挂在中天，被一层一层银灰色的轻薄的浮云遮掩，宛若一位躲在纱幕后的少女，始终没有露出她的羞涩的、神秘的面孔。洒向山里的铅色的月光，淡淡如水，若明若暗，忽浅忽深。宁静的山夜，神秘的山夜。后半夜，起了风，树林中的枝叶轻轻摩挲，发出一阵阵窃窃私语声。接着，有鸟鸣声，仔细听，却又似人的低吟，声音由远而近，又由近而远，在山神庙，在树林间低回、呜咽。一直没有入眠的求仙者，不约而同地冲到帐篷外，同时看到了一个神奇的景象：远处，墨黑的密林中的山神庙附近，有一团微弱的游动的光，闪闪耀耀，而且拖着一条长长的橘红色的尾巴，光的中间现出一个高高的人影，浑身着素服，云髻高盘，珠光宝气，慈眉善目，多像大慈大悲的南海观音。不错，那光团，就是她踩在脚下的五彩祥云。求仙者们眼睛闪着光，泪水都快涌出来了，立即跪地，点燃香火，顶礼膜拜：

"观音菩萨，愿您老人家福如东海长流水，寿比南山不老松！"

"求大仙保佑，万事如意！"

……

二十多个善男信女们，果然亲眼见到了大仙显灵。他们好像一具具半截埋在土中的木偶，面向山神庙，直撅撅地跪在帐篷外，一动不动。沉沉的夜色，灰白的月光，覆盖着他们的身，看上去又跟庙堂里的蜡像相差无几，只是比蜡像多有一口气罢了。过后不久，他们终于各得其所，如愿以偿。想要孩子的女人有了身孕，开饭馆的夫妻发了财，有坐骨神经痛的一点也不觉得疼了……

一传十，十传百，方圆百里，每天都有许多求仙拜佛的人从水路、山路涌向菱角洼，络绎不绝，人山人海。有小商贩们担着货郎挑子，挎着背囊，带来山里人少见的食物、用品，诸如劣等香烟、泡泡糖、发夹、红头绳之类，高价出售，牟取暴利；有骑着脚踏车，拖着老婆孩子，口里哼着流行曲吹着口哨的人，顺山路颠簸而来，纯属闲逛；也有沾满恶习的男女混迹其中，干点儿男盗女娼的勾当。菱角洼天天扬起漫天尘埃，天天像是赶庙会，天天也都被搞得鸡犬不宁。可是，马村长和村民们越发喜悦：这景象，好似菱角洼的百年盛世。不过，也有一人对这景象担惊受怕。谁？马村长的老伴。她是个极迷信的女人。她见自己男人装神弄鬼糊弄城里人，就心惊胆战："神仙知道要发怒的，日后一定遭报应。"

马大哈一听哈哈大笑："女人家，你懂甚！"照样装神弄鬼。

有一天，突然从城里来了十几个头戴大盖帽、腰别盒子枪的公安警察，手举电喇叭，满山大喊大叫，说这是搞封建迷信活动，应当立即取缔，追赶了三天两夜，才将人群驱赶出山。然后，在各个路口插上"国家自然保护区，禁止游人入内"的木牌牌。这才使得菱角洼恢复了往日的宁静，像什么事情也没有发生过一样，连郎中老爹伤风败俗的事情，连死胎保根和拴柱阴魂夜晚哭闹的事情，统统被淡忘了，没有人再去提及它。但山里人引为自豪的是，经这一场喧闹，菱角洼名声大振，确确是块风水宝地了。

五

这是四月底的山村的早晨，阴沉沉的天气，绵绵小雨细无声息地飘洒着，针叶松、山毛榉，各种灌木丛和刚刚开花的果树上，淅淅沥沥、点点滴滴地洒落着春雨。

“马村长家出事了！”

“呀！甚事?”

“母猪死了。”

消息比夏天的闪电还快，迅速地传遍了菱角洼。

姑娘、媳妇们大叫大嚷又都挺机密的样儿把消息告诉了邻近人家。不多一会儿，全村里的人都怀着沉痛的心情，去向马村长一家表示慰问。村里充满了闹哄哄的人声，人们闹吵吵地从四面八方走来，都站在门口看着躺在泥地上四肢僵硬的母猪，不少人真的动了感情，俯身呜咽。这是多么大的不幸啊！哪家的猪都死得，村长家的猪死不得，不该死啊！

哭得最伤心的就数马村长的老伴。她双臂低垂，泪如泉涌，辛酸地对大家说：“母猪是我家的摇钱树，今年指盼它下一窝猪崽，到秋后卖掉，积攒些钱给老大娶婆娘。猪死了，钱没了，娶不上媳妇，这不等于绝了我家老大的根吗？天哪，马家到底造了哪份孽哟！”

一提到造孽，马村长就心虚。他暗暗想：前些日子，自己半夜三更穿一身白衣裳，装扮成仙，跑到山神庙里，拿腔捏调地喊叫，引得城里人信以为真，神魂颠倒，光香火烧得就跟柴火堆似的。虽说这一招儿赢得方圆百里的人对菱角洼另眼相待，但到底是做出装神弄鬼的事情，不是作孽又是甚呢？他又想起老伴的话："神仙知道要发怒的，日后一定遭报应。"突然身上冒虚汗，不禁叹道："苍天有眼，我马大哈遭到了报应，老糊涂哩，咳！"

这边的哭声未断，那边大磨盘慌慌张张地跑来，老远就呼天抢地地嚷道："死了！昨晚还好，好好的，今儿一大早全死了。"

"你家哪个死了？"有人问。

"猪死了。打城里人手上花几十块钱买的哩，几十块呀！是纯种的洋猪。"大磨盘面色发白，眼睛瞪得老大，上气不接下气地说，"城里人讲，这两只猪，老家在国外，是澳、澳利大亚。"

"外国的东西真娇贵。"有人插话，"是澳大利亚吧？"

大磨盘往胸口提了一口气，愣愣地瞅着人群，开始哭诉："这猪是坐飞机、轮船，漂洋过海来中国，又转到了我家，容易吗？金贵着哩。你瞅它毛色、它眼睛、它身段，到哪里去找寻哟？还指盼它传种接代，来年在菱角洼办猪场。它、它就这么死了。完啦，我命好苦哇！呜呜……"哭得好凄惨。

不料，噩耗接二连三地传来：麻老大家喂的一条大花猪，昨晚跪在主人的脚前，淌着眼泪咽了气，临死前"呜呜"两声喊叫，跟人讲话似的，麻老大把它抱在怀里，心疼得差点背过气去。羊老倌刚买回的一只母猪、三只公猪崽，不吃食不喝水，今天早上倒在屋后草坡上蹬了腿；大黄牙一头大架子种猪，能斗架，会配种，难得的良种猪，也是昨晚死了……

谁都不愿相信这些事情会是真的，谁也无法否认这些都是千真万确的事情。大家纳闷儿，自打有了菱角洼，就没遇见过这样的事。有人分析，恐怕怨那些腰别盒子枪的公安警察，是他们赶跑了善男信女们，没人做祷告，断了菩萨大仙的香火，那威力无比的大仙能不发怒？有人怪城里人不安好心，在求仙时候偷偷给菱角洼下了毒。也有人不同意这种说法，城里人真的下了毒，为甚光毒死牲畜没毒死人呢？毛病恐怕还是出在死胎上。想一想，几十年的光景，哪个瞅见菱角洼牲畜死这样多，死这样齐？有人不是亲眼看见死胎变成仙人了吗？会不会是死胎大仙为他郎中爷爷报仇，拿这办法惩治大家伙呢？在理儿，别家猪死，他老郎中家的猪跟吃了仙丹一样，硬是没事，早晨还在后山坡上跑跳得欢哩。就这样，你一言，他一语，争来说去，最终找出根由，菱角洼大难临头，全因死胎保根和拴柱的阴魂殃及的，这仇得报！

“走吧，找老郎中算账去！”有人一跺脚，意想不到地大吼一声。

一呼百应。村民们像炸了营的马蜂，闹嚷嚷涌向老郎中的家。一场殴斗看来似乎是不可幸免的了。

里屋，杏花儿产后一直卧床不起，每日里想着死去的胎儿保根，思念一去无踪影的男人拴柱，哭哭啼啼，身子骨日见虚弱，两眼快看不清对面的人影了。外面这些天究竟发生了甚事情，她一点儿也不清楚。她听到屋外人声乱哄哄的，很想下床去瞅一瞅，只是挣扎了半天没有起得身，她感到浑身四两力气都没有。她问婆婆，老女人龇牙咧嘴，又哭又笑，前言不搭后语。她问公爹，老郎中皱皱眉头，失去光泽的眼睛瞥瞥她，告诉她外面世界很太平，甚事情也没有发生过。她随即扭过脸去，长吁短叹，一筹莫展，心里想：唉，等死吧。

木门吱嘎一声打开，从屋里探出老女人头发蓬乱的、邋邋遢遢的脑袋，呆呆的眼睛吃惊地凝视着门外愤愤的人群。她忽而呵呵哈哈地大笑，忽而发出可怕的号啕大哭。她的两眼充血，皱巴巴的脸上布满了指甲抠掐过的伤痕，活像大雨冲刷后的山上的坡地。她整个身子抽搐着，瑟缩着。虽然愤懑的人们是来找她一家算账的，可是当看到她已经这副模样，不禁动了恻隐之心。怪可怜的人。

“哎哟哟，你怎的变成这模样？”王二婶眼泪汪汪地过来搀扶她。

“妖精，装疯卖傻，骗人的，莫管她！”

人多嘴杂，说什么话的都有。

“阎王爷、庙奶奶，大仙保佑莫、莫生灾。”老女人哆哆嗦嗦地在人群中摇摇晃晃地走来走去，冲这个笑，又朝那个乐，嘴巴嘟嘟囔囔，“保根没了，拴柱没了，乖孩子，快快回家来呀。”她冷不丁地伸出手，去夺一个年轻媳妇怀里正吃奶的孩子，“你小婊子，还我保根！啊、啊……保根！”泪水顺着她的脸颊滚落。

原本要找老郎中算账的人都没了主意，完全手足无措，表现出来的既有忧虑，又有恐惧，并且掩饰不住吃惊和同情。

抱孩子的女人挣脱了她，惊愕地向一边退避着，尖声喊叫：“放开！莫吓坏我小虎，你放开，疯子！”

小虎哇地哭了起来。

“保根，拴柱，莫哭，你在哪？”老女人一路嘟嘟囔囔，摇摇晃晃地走向村头的树林。王二婶紧随身后向她追了过去。

沉默的人群。

家里死了牲畜的人，一时又觉得咽不下这口气。大磨盘哽咽着，泪珠直往胸脯前滚落，她用衣袖擦，极想止住它，但怎么也抑制不住。她一想起自家两只死去的纯种的洋猪，不由怒火在胸中燃烧：“不能白白便宜老郎中，病毒都是从他家传出来的，找他按价赔偿。”

此刻，郎中老爹瘫坐在椅子上，脸色苍白，面容憔悴，眼睛闪射出哀怨的目光，青筋暴突的手在不住地微微发抖，双眉紧蹙，拼命地干吸着早已熄灭的烟锅。自从给杏花儿接生后，他觉得没有哪一天过得安稳，似乎天天都像做梦，做噩梦；时时都有病，即使没有病，精神上也已被折磨得痛苦不堪。回忆过去，他九岁便跟爷爷学医，至今已有五十多个春秋，凭一双回春妙手，从阎王爷手里夺回多少父老乡亲的生命，他自己也说不清。如今，虽亲手救了儿媳的命，倒落了个伤风败俗的骂名，害得他日无安宁。他痛心的是，村里哪家没请他老郎中瞧过病？像大磨盘那号东西，忘恩负义的小人，不念过去的情分也罢，为甚还变着法整治他？开斗争会，借故闹神闹鬼坑害人，连死了牲畜也找他算账。他确实感到万般委屈，可在这一个偏僻的小山村里，有理又到哪里去讲呢？最使他不安的是，那许多城里人，吃饱了撑的，硬是大老远跑进山求甚仙拜甚佛，鬼迷心窍！可是，竟然就有那许多城里人跪在菱角洼，烧高香，磕响头，这也是事实啊。唉，像自己这样一个山里人真猜摸不透，他感觉胸口窝隐隐作痛。

有人恼怒地呵斥：“老郎中，莫装熊，为甚不出屋？”

“一不偷，二没抢，有甚不敢。”老郎中面带愠色，背着双手，出现在门口。

“茅坑里石头，又臭又硬！村上死了许多猪，你可知道？”

“嗯，嗯，你们在屋外叫唤，听见的。”

“是你家保根、拴柱害的吗？”

“像是吗？”

“当然。害人精，要找你算账！”

“算账？算吧。”老郎中朝身后指了指，“草屋有三间，人命有三条，要甚拿甚。呵呵呵……”

“哪个跟你打哈哈？”

“哪个跟你们打哈哈！”

眼下，他若识时务，赶紧给死了牲畜的人家认个错，再稍稍破费点儿，也许就勾销了这笔账。可是，他没有这样做，却像别人欠了他什么似的，理直气壮。人们怎么能够容忍呢?!

“讲我是害人精，凭甚？”老郎中反问。

“嗬！真是茅坑的石头！凭死胎！”一年轻人脸红脖粗

地喊，“你赔不赔？”

“赔？陪你们坐坐，我还嫌没工夫。”老郎中不屑一顾。

年轻人被激怒了，挥着拳头吼：“老东西！”

“你个混账王八蛋！”老郎中突然怒视着他变了腔调骂起来，“我不是软蛋，你们想怎的拿捏就怎的拿捏。你们家莫说死了猪，就是死了人，又跟我有甚干系？啊，欺人太甚！”

“好啊老郎中，你敢咒人哪，莫饶了他！”大磨盘煽风点火，直冲老郎中，“死胎阴魂不散，又传染了猪，找他清算！”

“打死他！”

“活埋他！”

一对对眼睛喷着火，慌乱的喊声突然迸发出来，成了一片愤怒的人海。

有人挥拳头。

有人举木棒。

大磨盘扑向前撕扯老郎中的衣领。

马村长急急阻拦：“莫动手，有话慢慢讲，打死人要偿命！”

四大爷好多天来都是神志不清，这会也急得直跺脚：“郎中兄弟，快躲躲吧。”

“打吧，打呀！我不怕，打死我，你们又能对外乡人传扬，菱角洼又有大仙显灵喽！”老郎中闭起双眼，仰天大笑，“哈哈哈……”这笑声，好像从山谷里滚地而过的雷鸣，惊吓得众人直往后退。默了默，人们又呼地向他围将过去。

“都住手！”纷乱的人群外传过来一声惊喝。大家回过头，瞅见一个白面后生，留着盖住两耳的长头发，穿一条紧紧兜住屁股蛋的裤子，上衣是电视里跑月球上去的人穿的那种服装，脚上的鞋跟河里的小船一样，两头翘翘的。不男不女，怪里怪气。他叫马胜龙，是村长的二小子，在省城学堂念书，是昨晚回到家的，说要搞甚社会调查。搁往日，大人孩子都会迎上去和他唠嗑，说笑一番，听他讲讲城里的新鲜事。毕竟他是菱角洼唯一进得省城的读书人，见多识广。不过，眼下他以这种方式突然出现，真不是时候，好似一个过路的陌生人，谁也不愿理他。

大黄牙撇了撇嘴巴，阴阳怪气地说：“哎哟哟，嗑瓜子嗑出个臭虫，你是哪路的神仙？”

“怪不得从你嘴巴里只能吐出大黄牙，原来是条母狗。”

马胜龙嘿嘿一笑，反唇相讥，引起一阵笑声。

“你敢骂老娘！”

“这是轻的。”

“关你屁事，滚一边挺尸去！”马村长拉长了脸，狠狠地瞪了儿子一眼。

“爹，你们错怪了郎中大叔。”马胜龙走到老郎中身边，站到门旁一块石墩子上，活像前些天城里的公安警察给外乡求仙人训话似的，一副威风样，“大叔大娘，大哥大嫂，你们家的洋猪死了，种猪死了，小猪死了，我家的猪也死了。这些跟郎中大叔没有一点关系，更不是什么死胎、阴魂给害的，那是封建迷信。我刚才对死畜做了检查，发现是瘟疫传染。我在大学里学的就是畜牧专业，请大家相信我的话，相信科学知识……”

“瘟疫长的是甚样子？”

“瘟疫是一种病。”

“胡扯经！菱角洼自古以来，没听讲得过甚瘟疫病。”

“你这小子没安好心。老郎中给过你甚好处？”

“郎中大叔给我治过病，这是不是好处？你们哪家又没得到过这样的好处呢？”

“你狗日的，屁眼插凉扇，冒充大尾巴鹰哩。”

“说话要讲文明！”马胜龙涨红了脸。

“嘻嘻，文明值几块钱？”

“文明能显灵吗？”

“大家千万不要再难为郎中大叔，我回城拿药，马上给牲畜治病。”马胜龙极力相劝，“你们要是不听，全村的牲畜都会死光的。”

“莫听他鬼话！”

“真狠毒，他也学老郎中讲这种话咒大家，一路货色。打这小子！”

“打他个混账东西！”

剑拔弩张，一触即发。

“莫打他，要打就打我吧。”老郎中抱拳作揖，乞求道。

儿子的这般举动，马村长实在无法理解，进了洋学堂，就忘掉村俗村规，这不就叫“一年土，二年洋，三年不认爹和娘”吗？真是大逆不道！作为一村之长，无论如何也是不能原谅他的。哪还有一点点像过去自己最疼爱的儿子？

兴许儿子的话有些道理，可儿子的道理再多，拿到老子面前，还是儿子！今天不好好管教他一顿，日后他眼里哪还有老子，哪还有菱角洼的规矩？翅膀还没练硬，他胳膊肘就学会朝外拐了，还了得！越想越有气，气不打一处生。“书念越多越浑，都给我打这孽种。”他举起一根断木棒，照准儿子的头部打下来。老郎中急忙跨了一步，上前护住马胜龙，抬起一只胳膊阻挡，手背上顿时被棒头上的钉子划道口子，流出了殷红的血。其他人嘴里直喊：“打，打得好！”

马村长本想吓唬吓唬儿子，不轻不重揍一棒显显威风也就完了，哪料到被老郎中挡了驾。蓦地，他觉得自己被人小瞧了，侮辱了，气更大了，随手举起木棒，照准儿子头顶“嘭”地落下，不偏不斜，正中头盖骨。

“啊！”马胜龙惊吼一声，趔趔趄趄地后退两步，左腿撑地，右脚尖跷起，像只陀螺似的向右旋转数圈，也不知道倚着哪儿才站住双脚，眼前立刻出现一个奇景：山摇晃，水摇晃，天摇晃，地摇晃，人也东倒西歪地摇晃，人变了，奔跳的山狼，砍断的树桩，鼓气的蛤蟆，飞翔的苍蝇，漆黑的夜晚……天色微明，苍蝇，蛤蟆，树桩，山狼，人，愤怒的人们。他费好大劲睁开充血的眼睛，晃晃脑袋，两耳“吱吱”鸣叫，瞅见爹手拎木棒，领着愤怒的人群无声地围过来。“快逃！”不知哪个突然用喊声提醒马胜龙，他不由一哆嗦，拔腿就跑，边跑边叫嚷：“打人犯法！没有王法吗?!”

“日娘的，甚叫王法？在菱角洼，老子放个屁就是王法！给我打！”

马村长怒发冲冠，紧追不舍。

大家撇下老郎中，紧跟村长屁股后头追赶马胜龙，呐喊助威。

“滚，我没你这个儿子！”马村长用木棒指着大骂，“老子跟你水火不容！”村民们不是头一回见村长大发淫威，但发威发到亲生儿子都不认，还是头一回。

马胜龙见势不妙，只好在坡地、沟壑、小路上蹦来跳去，跑向河边渡口：“愚昧，无知，野蛮！”

满山遍野，叫声连天，许多人跌得浑身泥泞，鼻青脸肿。

雨住，风停，太阳仍阴沉着脸挂在西天。所有地势低洼的坡谷间，都白茫茫地蒙着团团雾霭，犹如沸腾的牛奶桶里泛起的白色泡沫一般。闹腾了半天，追赶的人群眼瞅着马胜龙跳上一男一女打鱼的小花船划向河心，才陆续返回村。大家要将满腹的怨气撒向老郎中，又呼呼啦啦冲到他家。门敞开着，屋子里空空的，连个人影也没瞅见。这时有人说，就在大家伙追打马村长儿子的时候，见有几个人惶惶地朝山那边走去。拴柱根本没有死，自从他爹挨斗的那天过后，全家觉得没法在菱角洼立身，爷儿俩一商量，就叫他到外地找亲戚们商议搬家的事情去了。

“狗日的！你们为甚不早说？老郎中走了，今后村上人发病，哪个瞧？也罢，全仗大仙显灵啦。”马村长突然觉得精疲力竭，迈着沉重的双腿，一步一步挪回家。他没顾得上喘口气，便急忙找村里的风水先生画了一张符贴在门头上，又在大门外摆张方桌，放一只香炉，点燃了一炷香。

顷刻间，家家户户都在门上贴了符，在门前烧了香。菱角洼上空香烟缭绕，整个山村恢复了昔日的宁静，像什么事情都没有发生过。

这般景象，随着夜幕的降临，渐渐地隐没在黑暗中了。

黑幕中，有个黑影从村子这头游到那头，又从村子那头游回这头……

（原载《火花》杂志1987年10期）

他已是自己的向导（代后记）

——记青年作家窦志先

李松涛

对于一个男人，一般说来最了解他的莫过于两位女性：先是母亲，后是妻子。但志先说这个世界上最了解他的人唯有我。他把自己毫无保留地交给了朋友，我便成了他的一部活档案，成了他诸多精神与经历密码的破译者。于是，也就有了这篇难以言尽或称难以尽言的充序的短文。

志先第一次进县城，尚不足十岁，带领他的那个汉子是周围出了名的“神行太保”，在那条绝无康庄可言的丘陵路上健步如飞，而志先一程不落地紧随其后。汉子不时侧目惊奇一个孩子居然走得如此之快。就这样，他浏览了村落和田野以外的环境，那有限的繁华大大地激发了他朦朦胧胧的雄心。

他出生在皖东一个地道的农家，与共和国同龄。饥寒困苦拼成了他童年的背景。多灾多难且多病，说得清与说不清的疾患轮番瞄上了他，趴在母亲的背上四处求医，躺在木板床上接连服药，折磨得神衰气短，死去活来。他因之有了生存寄望于天的乳名——保仙，意祷神灵的佑护。穷人家的孩子毕竟命大，历经劫难，终于死里逃生地熬了过来。几乎在认识课本和书桌之前，他稚嫩的肩头就已开始分担家庭的重负，放猪放牛、拾柴摘果、春种秋收。五十年代末六十年代初那场来势凶猛的大饥荒兜头袭击了神州，吃糠咽菜，发展到食草根树皮。他的祖母、父亲、两个弟弟、一个妹妹相继被死神的血盆大口吞噬。七口之家，转瞬只剩下了他与母亲。他去串门，姥姥搂着他睡，从噩梦中一觉醒来，发现慈爱的姥姥已在被窝里成了一具僵尸。少年的他，把自己的眼泪与汗水同妈妈的眼泪与汗水汇流在一起，无止无休地模糊了漫长的日日夜夜。至此，他初晓了生活的严酷，也就逐渐地显露出性格的雏形，学会了咬牙，学会了奋斗，学会了征服。下河喝了几口汤，水不曾淹没他，他却练熟了游泳；摘枣从高枝上跌落，摔得晕头转向，揉揉屁股还上……他的那双大眼睛日益有神了，开始强烈地向往村外土路连接的远方。

几年后，他隐瞒岁数，以小充大当了兵，次第闯进了一个个令他耳目一新的世界。从南京到北京，战士、放映员、电影组长、宣传干事、编辑、副处长、处长，一路走了下去，一路冲了上来。平日肩头扛着的上校军衔，出差时只有副师级以上的干部才能享有的一张软席卧票，标明他是同辈人中的佼佼者。作为一项业余活动，他发表与出版作品的数量，乃至获奖的频率，远胜许多专业作家。他的《爱神在忧思》荣获首届“中国潮”报告文学征文二等奖，加上同年又一篇报告文学奖，一枚军功章对他八小时之外的劳作予以辉煌的肯定。

写文章获奖对于志先来说不是件陌生的事情。尚在小学六年级，一篇作文《我的母亲》写得一往情深，拿了个全区作文比赛第一名。我想，这文学历程中最初的轰动，大概会予他一个直接性也是永久性的启迪：文乃有情之物，为文的成功之道在于用心。综观他的一系列作品，无论是《情网》，还是《死胎》，读者都会不约而同地发现被他潜心排列过的字里行间充溢着软体的人性。即使是某些硬度很高的题材，一经他手，也被滤得声情并茂，比如《无字的墓碑》，惊心动魄，却又缠绵悱恻。甚至仅从他许多作品的题目上就可隐隐窥见感情的浓度，《眼泪，落在蜜月的照片上……》《人心隔肚皮》《远亲不如近邻》《蜗牛壳·窗花儿》《红房子》等等，都让你相信这些作品与干巴巴冷冰冰无缘。倘若一定要把作家分成思想型和感情型两类，我认为志先更多地属于后者。

他重情，作品里如此，生活中亦然。父母的养育之恩、师长的教诲之情是铭心刻骨的，远行到天涯海角、出息到九霄云外也不敢忘却。他曾忙里偷闲，风尘仆仆地返回故乡探亲，第一站便是给过他知识营养的母校，恰逢老师外出，他在操场上静待了三个多小时，一瞭见那候着的影子，立即迎上前去，立正，恭恭敬敬地唤了声“老师”。鬓发斑白的园丁面对昔日的学生大为感动。

志先虽不脆弱，却爱动感情，常常在银幕屏幕前泪雨滂沱，甚至听模范人物事迹的报告也热泪盈眶。看罢朝鲜电影《卖花姑娘》，泪水打湿了一片衣襟不算，两条预先备下的手帕都可以拧得出淋漓之水。

他能吃辣椒，能吃肥肉。颇具伸缩力的胃口奇好，他自称肚子里有台搅拌机，吃什么都消化。他健谈，聊到半夜，兴之所至，聊个通宵毫无倦意，次日依旧精神饱满。他不吸烟，且格外怕烟，如同耗子惧怕猫，每逢烟民肆虐，他呛得流泪，呛得作呕，或开门开窗，或索性躲将出去。但他喝酒，足以称为酷爱，宛若猫喜爱耗子，逢客盛宴开怀畅饮，独自一人每晚也要喝上两杯。别人都晓得他能喝，而我有幸见过他醉倒的狼狈相，一双臭袜子塞进嘴里，全然不知。说“有幸”实是这种机会不多。醉过还喝，去喝人或请人喝。他对茶有持久的兴趣。他一向不大吃糖，但最近时不时津津有味地嚼上一块口香糖，不知何故。

他写得一手流畅的好字。儿时还曾仿效地摊艺人勾画鸟兽鱼虫，竟卖过几个小钱买盐，为寡淡的日子添些许滋味。他的嗓子富有乐感，能把八个现代京剧样板戏的主要唱段一气儿悉数唱遍，可惜不会跳舞。我俩每次相见，总不免要问：“跳舞学会了没有?”答：“没有!”我因了自己便明白了他，不是没学会，而是干脆没学，任什么都难不住的他，只要肯下舞池，岂有不会之理。

志先的魅力是含蓄的。他周身随时可以抖擞出一股什么劲儿，我想，孩提时该叫它“聪明”（比“机灵”的层次要高)，成年后该叫它“精明”（较“老练”的分量要重)，反正只要你在某些非庄严的场所见到他那笑眯眯或叫笑嘻嘻的神态，你就会顿然明白：这是个任谁都骗不了唬不住的家伙。他是人，自然有人必有的七情六欲。我见过他喜形于色，也见过他阴云满面，见过他动气，见过他发怒，见过他骂人。他内在的性格棱角分明，深藏的自尊不容任何人小觑，所以，我说他名字中那“志”是不甘人下之志，那“先”是不甘人后之先。军人规范化的庄重他不缺乏，文人浪漫味的洒脱他也具备。这很难统一，他确确兼而有之。他的目光没被弥漫的物气遮蔽，他的心灵没被混浊的世风污染，同样，他也没有因一模一样的装束而被一模一样地同化。只要你稍事留心，就不难把他从杂色人堆里挑出来。是的，在人们的嘴里和心里，志先不失为一个血肉丰满、特点鲜明的人。

金无足赤，你近距离地瞅瞅，某些闪闪发光的名字一旦还原成吃喝拉撒的肉体，有多么令人失望。而与志先相处至一定境界，你会透彻地理解“交心”二字的含义及“知己”一词的内容。我一直持有这么个看法：他的人品比他的作品还有味道。现实生活中，他那样的作品或许不少，他那样的人品肯定不多。我们是中国作家协会文学讲习所第六期的同学，白日同堂听课，晚上同居一室。有位同学自福州捎我一台收录机，志先受托代我去取，他于凌晨摸黑起床，骑着自行车顶着隆冬的风寒从西城直奔东城，买票、进站、月台上找人，因为彼此不熟，特务接头般盘桓半晌方才拿到。这台绝对算不得珍贵的收录机未到我手边，就已先期为我录下了一段珍贵的友情。毕业后，在关里关外，在海边江边，我们频频聚首，朝夕相伴，每次都要比肩度过一段惬意的时光。今年阳春三月，又结伴跨江同到朝鲜腹地，于秀丽的妙香山下领略了令人感触多端的异国风情。

在鸭绿江畔一座伪满洲国皇帝康德未曾投入使用的行宫门前的苍柏下，志先对我说起他故乡屋后的一棵柿子树，高大繁茂，年年都要结下数百斤香甜的喜悦。不幸一年春月大雪，天气奇寒，这棵柿子树久不返青，父亲误以为业已冻死，遂叹着气伐掉了。岂料没几日，那树桩和躺倒的树干，一律抽出了鲜嫩的枝芽。他至今记得父亲蹲在树前悔恨交加的样子。三十年后，志先又犯了个同样属于性急的错误：他养的一盆蟹爪莲花儿开得赏心悦目，一日浇水，不慎从窗台上碰落——盆碎花折，他懊恼至极，赌气扔掉了。如果当时捡回，那花根完全能够再繁衍成一盆新的娇艳。他说直到现在一想起来还惋惜，还难过。他说他为此生自己的气。这是一桩教训，对能结出甜果的，对能开出鲜花的，是不可随意折断或遗弃的。他懂得了这一条，也就懂得了人生。所以，他对友谊珍视到断断不敢轻抛的地步，他晓得友谊带给他的是什么。

一次宝贝儿子笑颜淘气惹恼了他，他火冒三丈地以武力施教，不想一脚踢在了桌腿上，顿时痛得龇牙咧嘴。惶恐欲哭的儿子见状破涕为笑，说了句：“爸爸，你的功夫还没练到家呀！”他拐着腿开心地向人转述儿子对他的评论。撇开这一笑谈，谁都会觉得志先的功夫可以了——赫赫成果令人瞩目。我说他堤内堤外都是收获。他承认，岁月没有亏待他。他需要爱情，便拥有了绵绵不绝的爱情；他需要友情，便拥有了滔滔而来的友情；他需要亲情，便拥有了源自长辈和后代的亲情。他对得起生活，生活也对得起他。他的出身早早就提醒过他：除了自己，你别无依靠。应该说，客观世界对他还是比较公道的，这既取决于他诚实的劳动，也取决于他不错的机缘。这种劳动和机缘相加，便等于了一个农家子弟后天的命运。

一如我不会因偏爱把他说成完人，我也不认为他已经面世的作品是登峰造极的佳作。他刚届不惑，来日方长，他有从容的时间和足够的机会塑造自己在读者眼中的形象。他没有愧对以往，以往也没有愧对他；他不会辜负未来，未来也不会辜负了他。自然，在今后迢遥的途程上，不可能再有任何汉子为他引路了，但他肯定还会迅疾而行，他那横穿四十载光阴的双脚已经识途了。平坦也罢，崎岖也罢，他都会漂漂亮亮地走下去，并越走越快。

他已是自己的向导！

（载《文艺报》1990 年 7 月 21 日、
《青年文学家》1991 年 1 期；
《蓝鸟》序，解放军文艺出版社 1991 年 2 月出版）

美文三十载，友谊四十年（跋）

四十年前，我和李松涛一起就读于中国作家协会文学讲习所（鲁迅文学院），成为同窗好友。

三十年前，李松涛为我出版的中短篇小说集《蓝鸟》作序，写下了《他已是自己的向导》一文，成为我这本书“瞻前”的一篇佳作。

近日，在我的又一本中短篇小说集《红房子》筹划出版之际，我仍然想用李松涛的这篇佳作作为“代后记”，以成为我新书“顾后”的一篇美文。

悠悠四十年，弹指一挥间。我曾在发表于《解放军文艺》上的散文《飘飞的思羽》中，写下这样一段文字表达了我和李松涛之间的真挚友谊：

“文学使我们结缘，成为至交，关里关外，常常聚首，从鸭绿江畔到渤海之滨，从长城脚下到祁连山脉，都曾留下过我们结伴而行的身影，度过许多难忘的时光。”

四十年的相交弥足珍贵；

四十年的友谊长存常新。

用瞻前的眼光与顾后的考量，倘若再有四十年，相信我们之间的友谊之树依然根深叶茂，常绿常新。

“他已是自己的向导”，耳熟能详的话语，心心念念三十载，这既是朋侪的鼓励，更为友谊的写照。今天，承蒙中国文史出版社抬爱，有幸得到著名诗人、作家、编辑室主任，军旅时光的战友与文友马合省和才女编辑牟国煜的鼎力相助，为《红房子》的问世做了大量的案头工作，付出了许多辛劳，遂使此文再度成为“代后记”。谨在此一并致以谢忱！

是为跋。

2021 年 3 月 8 日于静远斋